Jürgen M. Hofmann

Geschichten
Aus den Neunzigern

Jürgen Manfred Hofmann wurde 1949 in Zittau geboren. An der Technischen Universität Dresden studierte er Technische Gebäudeausrüstung. Als Diplomingenieur plante er haustechnische Anlagen, war Montageleiter und Betriebsingenieur in der Niederlausitz, in Berlin und Ostsachsen. Er ist verheiratet, hat zwei erwachsene Söhne und lebt heute nahe seiner Geburtsstadt in der Oberlausitz. Das Schreiben von Geschichten, Biographien und Sachtexten ist eine seiner Lieblingsbeschäftigungen.

Im vorliegenden Buch sind Geschichten und Erzählungen von Ereignissen versammelt, wie sie sich Ende des vorigen Jahrhunderts zugetragen haben oder hätten geschehen können. Das war eine Zeit, in der sich Personalcomputer und Mobiltelefon bereits etabliert hatten, das Internet seinen Siegeszug um die Welt begann und nach dem Mauerfall sich Ost und West neu orientieren mussten.

Jürgen M. Hofmann

Geschichten

Aus den Neunzigern

books on demand

ISBN 978-3-8423-5545-3

Copyright 2012 Jürgen M. Hofmann
1. Auflage 2011 Jürgen M. Hofmann

Die Deutsche Nationalbibliothek verzeichnet diese
Publikation in der Deutschen Nationalbibliografie;
detaillierte bibliografische Daten sind im Internet über
dnb.d-nb.de abrufbar.

Herstellung und Verlag: Books on Demand GmbH,
Norderstedt

Für Gundel

Inhalt

Der Schatz im Hexenhaus

Dem alten halbverfallenen Haus an der Dorfstraße ist nicht anzusehen, welche Tragöde sich darin letztes Ostern abgespielt hat.

Polizeiobermeister Sylvia Derlich, die ihren Chef Kriminalhauptkommissar Dieter Herberg mit dem Einsatzwagen abgeholt hatte, fand ohne Mühe den Einsatzort in dem abgelegenen Dorf, zu dem sie am Morgen des Ostersonntages gerufen worden waren. Noch bevor sie das Auto der Kollegen von der Spurensicherung entdeckte, fiel ihr das von der Einsatzleitung treffend als „alte Bude" bezeichnete Haus auf. Waren die umliegenden Häuser vom zarten Grün gepflegter Gärten umgeben, sahen mit ihren hellen Fassaden unter roten Dächern schmuck und freundlich aus, wirkte dieses wie ein Fremdkörper in der dörflichen Idylle. Die Bäume groß und düster hatten wohl wie die vielen Sträucher um das Haus schon lange nicht mehr die von kundiger Hand geführte Sägen oder Scheren gespürt. Das ganze Anwesen machte einen ungepflegten, geradezu verwilderten Eindruck. Das massive zweistöckige Haus war hinter dem verwucherten Gestrüpp von alten Obst- und Ziersträuchern kaum zu erkennen. Nur eine riesige Forsythie setzte einen grellgelben Lichtpunkt zwischen finsterem Geäst. Aus dem bemoosten Ziegeldach ragte ein schiefer Schornstein, von den Fenstern blätterte die nachgedunkelte Farbe. Abgefallener Putz ließ Mauerwerk sehen. Dem Zaun fehlten etliche Staketen, die Reste des hölzernen Gartentores hingen schief und nutzlos in den Angeln. Dahinter stand ein Polizist, der ihnen nach der Begrüßung zuraunte: „Die Leiche ist im Zimmer gleich links unten."

Dieter Herberg, Anfang fünfzig, war von untersetzter Statur. Er hatte ein rundes Gesicht und schütteres Haar. Sein biederes Aussehen ließ keinerlei Assoziationen zu seinem aufregenden Beruf aufkommen. Er zeichnete sich auch weniger durch spektakuläre Ermittlungsmethoden und –erfolge aus. Es waren eher sein stoisches Phlegma und seine Vorliebe für in diesem Beruf unverzichtbare Pedanterie, die ihn, gepaart mit Jahrzehnte langer Erfahrung, bisher noch jeden Fall haben lösen lassen.

Er hatte den Missmut über die Störung seines feiertäglichen Frühstücks schon vergessen. In den vielen Jahren, die er schon als Kriminalpolizist seinen Dienst verrichtete, ist er so oft zu noch ungelegeneren Zeiten gerufen worden, als dass er sich über eine Frühstücksunterbrechung noch ärgern könnte. Seiner jungen Kollegin, die neu im Kommissariat war und manchmal vor Diensteifer und Ehrgeiz zu bersten schien, war der Einsatz ohnehin eine willkommene Abwechslung während der Feiertage. Sylvia Derlich, klein und drahtig, hatte kurze hellblonde Haare und schaute mit ihren wasserblauen Augen unternehmungslustig drein.

Die beiden Ermittlungsbeamten durchquerten den verwahrlosten Vorgarten auf einem schmalen Kiesweg und betraten das Haus. Die Eingangstür von einst grüner Farbe war weit geöffnet und ohne Türklinke. Sie lag neben der Schwelle inmitten von Glasscherben, die vom Fenster in der Tür stammen mussten. Dort klaffte jetzt ein gezacktes Loch. Im Hausflur roch es dumpf und muffig. Die Deckenlampe hatte ihren Schirm eingebüßt und so verbreitete nun eine nackte Glühlampe spärlich Licht.

Im bezeichneten Zimmer, der ebenerdigen Wohnstube, trafen sie ihre Kollegen von der Spurensicherung und der Bereitschaftspolizei. Auf dem Fußboden nahe der Tür lag eine alte Frau auf dem Rücken. Sie trug ein helles Nachthemd, darüber eine arg ramponierte Strickjacke und an den Füßen Wollsocken. Ihr lebloser Blick war kalt und starr zur Decke gerichtet, das lange weiße Haar wirr um den Kopf mit einem runzligen Gesicht gebreitet.

Während Herberg mit forschenden Blicken das Opfer und den jämmerlichen Zustand der ohnehin ärmlichen Behausung betrachtete, - die Türen und Fächer der wenigen Möbel, ein Schrank und eine Kommode, waren aufgerissen, der Inhalt durcheinander gewühlt und teilweise auf dem Fußboden verstreut - berichtete ihm ein Polizist, was er bisher herausgefunden hatte. Bei der Toten handelte es sich um die in diesem Hause allein lebende Eleonore Naabe, 86 Jahre alt. Ein Herr Ackermann, der im Haus gegenüber wohnt, hatte am frühen Morgen bemerkt, dass die sonst immer verschlossene Haustür offen stand und die Glasscheibe zerbrochen war. Neugierig geworden ging er zum Haus und sah zunächst durch das Fenster. Als er im Zimmer die reglos liegende Nachbarin sah, ging er hinein. Alle Türen hätten offen gestanden. Weil er bei der Alten weder Atem noch Puls fühlen konnte, hatte er umgehend den Rettungsdienst angerufen, der auch gleich die Polizei verständigt hatte. Der Arzt hatte inzwischen den Tod festgestellt und die wahrscheinliche Todeszeit zwischen zwei und vier Uhr angegeben. Würgemerkmale am Hals schienen auf einen gewaltsamen Tod hinzudeuten; weshalb auch die Mordkommission gerufen worden sei. Der Zeuge, der die Tote gefunden hat, wäre im Hause gegenüber und hielte sich für weitere Befragungen bereit.

„Sehen die anderen Räume auch so aus?" fragte Herberg den Polizisten, als der mit seinem Bericht am Ende war.

„Ja, das ganze Haus ist durchwühlt worden. Ich kann mir aber nicht vorstellen, was hier zu holen gewesen sein könnte."

„Wir werden sehen," brummte Herberg und dankte für den Bericht. Zu seiner Assistentin meinte er, dass sie, während er sich zunächst einmal gründlich im Hause umsieht, die Nachbarn befragen solle. „Sie wisse ja, Beobachtungen zur vermeintlichen Tatzeit, Lebensumstände der Toten und so weiter."

Er benötigte keine Stunde, um sich im ganzen Haus gründlich umzusehen. Das Erdgeschoss befand sich außer dem kleinen Wohnzimmer, wo die Tote lag, noch eine Küche mit Kohleherd, Schrank, Ausgussbecken und wackligem Tisch sowie zwei Holzstühlen. Auf einem lag eine abgewetzte Tasche aus Kunstleder mit allerlei Krimskrams darin. In einem Mäppchen steckten der Personalausweis und diverse Patienten- und Bonuskärtchen. Aber weder ein Geldtäschchen noch eine Bank- oder Geldkarte waren darin. Im hinteren Teil des Hauses gab es noch eine Toilette mit Trockenklo und einem Abstellraum. Über eine schmale Treppe, deren hölzerne Stufen bei jedem Schritt knarrten, gelangte Herberg in das Obergeschoss. Der größere der beiden einzigen Räume dort war leer und staubig; eine nachlässig gespannte Wäscheleine zeugte davon, dass er zuletzt als Wäschetrockenraum genutzt worden war. Das kleinere Schlafzimmer war offensichtlich durchwühlt worden. Das Bettzeug der Ehebetten war aufgetürmt, die Matratzen herausgerissen, die Schranktüren und die Schubfächer einer Kommode offen und die Nachtschränkchen umgeworfen. Zwischen den auf dem Fußboden umherliegenden Wäschestücken waren auch einige Papiere, darunter ein leerer Briefumschlag mit dem Freistempel der Justizbehörden vom Februar. Er fand auch die Auszüge eines Girokontos bei der Kreissparkasse mit einem Guthaben im lediglich vierstelligen Bereich. Das Spannendste bei den dokumentierten Kontobewegungen war der monatliche Eingang einer mageren Rente.

Nirgendwo aber konnte er ein Testament, ein Sparbuch oder Bargeld finden. Dabei hielt er sich zugute, im Laufe der Jahre nahezu alle mögliche Verstecke für solche Dinge kennen gelernt zu haben, die sich Betagte so ausdenken.

Da es vorläufig für ihn hier nichts mehr zu tun gab, holte auch er nach kurzer Abstimmung mit Frau Derlich Erkundigungen bei den Nachbarn ein.

Auf die mögliche Tatzeit angesprochen erklärten alle Befragten, dass sie nichts Außergewöhnliches bemerkt hätten. Übereinstimmend beklagten sie allerdings den Lärm, den die Heimkehrer gewöhnlich fabrizieren, wenn sie nach Mitternacht von der Disko nach Hause gehen. Zum Glück gibt es die höchstens einmal im Monat im nahe gelegenen Dorfgasthaus „Zum Goldenen Hirsch". So auch an diesem Ostersonnabend.

„Wir haben uns schon so oft beim Bürgermeister und überall beschwert", keifte Frau Ackermann. „Solange die Burschen nicht auf frischer Tat ertappt werden, kann man angeblich nichts machen." Ihr Mann ergänzte noch: „Wenn es nur der Lärm wäre, aber die reißen auch Zaunslatten ab - bei uns nicht mehr, wir haben jetzt einen Metallzaun, aber da drüben bei der Naabe zum Beispiel – und auch Obst von den Bäumen und sogar Blumen!"

Ähnlich schroffe Ablehnung hatte Herberg bei den anderen Nachbarn, Günther Posselt und seiner Frau Renate vorgefunden. Zunächst berichteten sie nur empört über den lautstarken Radau, den mitten in der Nacht offensichtlich angetrunkene Jugendliche auf der Straße gemacht hatten.

11

Herberg hakte hier ein: „Haben Sie denn außer dem Lärm der heimgehenden Disko-Besucher noch etwas in der letzten Nacht bemerkt"

„Ich habe überhaupt nichts gemerkt oder gehört; ich habe geschlafen", sagte Posselt.

„Aber ich", fiel seine Frau ein. „Ich bin sogar ans Fenster gegangen, um zu sehen, ob ich sie erkenne, wenn sie wieder Schaden machen. Drei Gestalten habe ich beobachtet. Aber diesmal haben sie nur laut gesungen, mitten auf der Straße."

„Wann war das?"

„Ich habe nicht auf die Uhr gesehen; wahrscheinlich kurz nach eins."

„Haben Sie sie erkannt?"

„Ach woher denn, als ich sie sah, waren sie schon an unserem Haus vorbei und dann war es doch stockfinster. Hier gehen um eins die Straßenlampen aus."

„Die drei also waren bestimmt nicht im Haus gegenüber? Haben Sie etwas am Haus selbst erkannt: Brannte da vielleicht Licht? War die Haustür offen oder zu?"

„Wir haben Ihnen doch schon gesagt, dass wir nichts bemerkt haben. Erst heute früh hat mein Mann die kaputte Tür gesehen." In ihrer Stimme schwang nun Unmut mit; dem Eifer, von der Polizei bei so wichtigen Ermittlungen herangezogen zu werden, wich nun erster Ärger über die offensichtliche Begriffsstutzigkeit des Beamten.

Aber Herberg ließ nicht locker. „Und Sie wissen nicht, wer die drei gewesen sein könnten? Die wohnen doch möglicherweise hier im Dorf, wenn sie zu Fuß waren."

Renate Posselt wandt sich und druckste: „Ich habe wirklich niemanden erkannt; man will ja auch keinem was anhängen. Aber ich denke schon, dass es die drei Jungen aus dem Oberdorf waren, die auch sonst immer zusammenhängen."

Herberg beruhigte sie, dass es sich hierbei nur um einen vielleicht wichtigen Hinweis handeln würde und keine Beschuldigung. Nachdem er sich die Namen der drei aufgeschrieben hatte, erkundigte er sich bei den beiden noch nach deren Verhältnis zu der verstorbenen Nachbarin. Die Beredsamkeit der beiden war plötzlich dahin. Die beiden sahen sich schweigend an. Schließlich murmelte Günther Posselt kaum vernehmlich, dass sie „keinen besonders guten Faden mit der Naabe gesponnen" hätten.

Herberg ahnte, dass er gleich wieder ein schönes Beispiel der weit verbreiteten Nachbarschaftsstreitigkeiten würde hören müssen. Er fragte betont gleichmütig, um die zu erwartenden ausführlichen Schilderungen nicht durch übermäßiges Interesse ausufern zu lassen: „Worum ging es denn bei Ihrem Streit?"

Renate Posselt schossen die Tränen in die Augen. Sie wandte sich ab und suchte nach einem Taschentuch. Ihr Mann lief rot an und dann brach es aus ihm heraus, „Die Alte ist ... ähm war eine Giftmischerin! Die hat nichts als Unheil gestiftet. Nun hat sie ihre Strafe gekriegt..."

„Aber Günther," fiel ihm seine Frau schluchzend ins Wort, „über Tote sollte man nicht so reden. Außerdem wissen wir doch gar nicht, ob sie es war."

„Ich weiß es schon, und du warst dir gestern auch noch ganz sicher", schnaubte er unversöhnlich.

„Und was hat Frau Naabe denn eigentlich gemacht?" versuchte Herberg sich Gehör zu verschaffen. Nun erfuhr er, dass die Posselts einen Pudel gehabt hatten. Dieser über alles geliebte Hund war vor einigen Wochen elend zugrunde gegangen. Ackermann schilderte dem Kriminalbeamten weitschweifig die Qualen des Tieres. Er war überzeugt davon, dass es die Naabe vergiftet hätte. Er konnte allerdings keinen Grund dafür nennen, denn die Nachbarin hatte sich nie um das so „liebe und kluge" Tier geschert. Obwohl er es der Alten schon längst hätte heimzahlen wollen, so ein Ende hätte ihr dann doch nicht gewünscht.

Herberg machte sich einige Notizen und, da vorerst keine weitern Informationen mehr zu erwarteten waren, verabschiedete sich mit den üblichen Floskeln.

Als er das Haus verließ, bemerkte er, dass sich etliche Leute eingefunden hatten, die in Grüppchen auf der Straße standen oder mit den Nachbarn über den Zaun tuschelten. Offensichtlich war die ungewöhnliche Polizeipräsenz zum Ostersonntag Ursache dieses Menschenauflaufs. Während er zum Auto ging, hörte er einen Jungen, der vielleicht ins zweite oder dritte Schuljahr ging, begeistert ausrufen: „Sonst ist nie jemand bei der alten Hexe und jetzt sogar die Polizei und vorher der Grieche!"

Herberg schnappte sich den Kleinen. „Du scheinst ja gut beobachten zu können. Was war das für ein Grieche? Wann war der denn da?"

„Vorige Woche," plapperte der Kleine munter drauflos, „außerdem ist das bestimmt kein richtiger Grieche. Er hat einen großen Opel, einen Kombi, mit einem Kennzeichen wie von Mykonos. Deshalb sagte ich: der Grieche."

„Und wie kommst du auf Mykonos?"

„Na ja, MYK mit einem S nach dem Strich. Das könnte doch Mykonos heißen, nicht?"

„Kannst du dich noch an die Zahlen dahinter erinnern? Und was hatte der Opel für eine Farbe? Hast du den Fahrer auch gesehen? War der vielleicht in dem Haus hier?"

Das war gleich eine Menge Fragen. Aber selbst nach sichtlich angestrengtem Nachdenken konnte sich der kleine Zeuge außer an den dunkelgrünen Autolack an nichts weiter erinnern.

Nachdem auch Herbergs Kollegin mit ihren Befragungen vorerst fertig war, fuhren sie zu den nächtlichen Ruhestörern. Frau Ackermann hatte den Weg dahin gut beschrieben.

Die Aussagen der drei, die allesamt aus den Betten geholt werden mussten, brachten nicht viel. Sie hatten gestern wohl mehr getrunken, als ihnen gut getan hatte und konnten sich an rein gar nichts Auffälliges auf dem Nachhauseweg erinnern. Sie waren einigermaßen überrascht, dass in dem von ihnen übereinstimmend Hexenhaus genannten Gebäude in der vergangenen Nacht etwas vorgefallen sein soll.

Auf der Rückfahrt dann tauschten die Kriminalbeamten die Ergebnisse der Befragungen aus. Die waren äußerst dürftig. Das Opfer war unverheiratet und hatte seit dem Tode seiner Mutter allein im Hause gelebt. Man wusste eigentlich nichts über „die Naabe": nie hatte sie Gäste, keine Verwandten wurden je gesehen, nie war sie verreist. Sie wurde eigentlich nur einmal pro Woche

14

beobachtet, wenn sie ihre wenigen Einkäufe erledigte. Ihr Äußeres schien ebenso verwahrlost ausgesehen zu haben wie ihr Haus und Grundstück. Letzteres war auch Ursache eines ernsthaften Zerwürfnisses mit den unmittelbaren Nachbarn, dem Rentnerehepaar Rose. Das hatte seit Jahren schon einen stillen an Hass grenzenden Groll ihr gegenüber gepflegt. Ursache war, dass es den Roses selbst nach gerichtlicher Auseinandersetzung nicht gelungen war, die Naabe anzuhalten, ihr Grundstück zumindest insoweit in Ordnung zu halten, dass ihr angrenzender Garten nicht in Mitleidenschaft gezogen würde. Es war ja nicht nur der trostlose Anblick des verwucherten Grundstückes, was sie störte, morsche Äste fielen auf ihren Garten, Unkrautsamen wurden herübergeweht und Wurzelausläufer ruinierten den Rasen. Die beiden bedauerten zwar, wie es Derlich erschien, etwas scheinheilig den Tod der ungeliebten Nachbarin, ihre Hoffnung auf einen künftigen „ordentlicheren Anwohner" aber verhehlten sie nicht.

So meinte denn Herberg während er sich auf dem Beifahrersitz räkelte: „Viel ist heute nicht herausgekommen. Aber das ist meist so am Anfang."

Derlich fiel ein: „Ich finde, wir haben doch schon allerhand zusammen: zerrüttete Nachbarschaftsbeziehungen, ein Fremder aus der Koblenzer Gegend, drei Jungen, die sich vielleicht doch noch an etwas erinnern, eventuell ist in diesem Dorfgasthaus auch noch etwas herauszuholen. Und dann sind noch die Ergebnisse der Spurensicherung, zumindest die Fingerabdrücke."

„Die Nachbarn würde ich nicht zum engsten Kreis der Verdächtigen zählen, gerade auch weil sie ihre Abneigung gegen das Opfer so deutlich zeigen."

„Man müsste den toten Hund untersuchen und feststellen, woran er gestorben ist", schlug Derlich vor. „Wenn er vergiftet wurde, kann man heute problemlos aus minimalen Spuren Art und Dosis des Giftes bestimmen."

„Das können Sie sich gleich aus dem Kopf schlagen," widersprach Herberg gelassen, „selbst wenn der Hund im Garten der Ackermanns vergraben läge und nicht ordnungsgemäß von der Tierkörperbeseitigung entsorgt worden ist. Es käme hier gar nicht darauf an, ob und womit er vergiftet worden ist, sondern allein auf die Tatsache, dass die glauben, er wäre vergiftet worden. Das können wir also vergessen.

Sie werden gleich am Dienstag bei der Justiz herausfinden, was die der Naabe im Februar für ein Schreiben geschickt haben. Bis dahin wäre dann noch der Besitzer des Autos zu ermitteln. Die Koblenzer Kollegen können ihn dann schon nach seinen Beziehungen hierher befragen."

Die Ergebnisse lagen wenig später vor und zeigten einen interessanten Zusammenhang. Als Fahrzeughalter des grünen Opel wurde das Unternehmen eines Bodo Kretzschmar ermittelt, der den Behörden seiner Heimatstadt kein Unbekannter war. Als windiger Geschäftsmann und Immobilienmakler wandelte er häufig auf Pfaden am Rande der Legalität und hatte schon gelegentlich im Fadenkreuz diverser Ermittlungen gestanden. Natürlich war er auch den Leuten vom Finanzamt mehrmals unangenehm aufgefallen. Außerdem stellte sich heraus, dass er als Großneffe der einzige Verwandte und damit Alleinerbe der Toten war, falls es überhaupt etwas zu erben gab. Mit ihm sprechen konnte man nicht, da er nach Auskunft seiner einzigen Angestellten mit unbekanntem Ziel verreist war.

Die Justizbehörde hatte Eleonore Naabe mitgeteilt, dass die Übertragung der Eigentumsrechte an ihrem Einfamilienhaus auf Herrn Bodo Kretzschmar vorläufig nicht möglich wäre, da im Zusammenhang mit einem Raumordnungsverfahren noch behördliche Entscheidungen abzuwarten wären.

Möglicherweise war er also in diesem Zusammenhang jüngst zu Besuch bei seiner alten Großtante. Vielleicht hatte er von Investitionsplanungen erfahren und wusste oder hoffte, dass das Grundstück seiner Großtante bald im Wert steigen würde und er davon profitieren könnte, wenn er nur schnell handelte. Herberg würde sich gern mit ihm darüber unterhalten; wenn er ihn nur finden könnte. Ein Foto hatte man ihm zwar geschickt, für eine Fahndung waren die Indizien allerdings noch zu dürftig.

So hielt er sich zunächst noch einmal an die Zeugen im Ort. Im Goldenen Hirsch konnte er nichts

Zweckdienliches in Erfahrung bringen. Der Gastwirt hatte überhaupt nicht Ungewöhnliches bemerkt, es war eine ganz normale Veranstaltung gewesen. Im Übrigen hatte er an der Theke zu tun gehabt und musste seine Aushilfskräfte beaufsichtigen.

Blieben also vorläufig nur die drei Jungen, deren Heimweg sie am Haus des Verbrechens vorbei geführt hatte. Herberg bestellte sie sich in die Gemeindeverwaltung, wo ihm ein Zimmer zur Verfügung gestellt worden war.

Marko Kaiser erinnerte sich an gar nichts. Er hatte Kummer gehabt, sein Führerschein auf Probe war eingezogen, und war diesem mit viel Bier und Hochprozentigem zu Leibe gerückt. Er wusste nicht einmal mehr, wann und wie er den Weg nach Hause geschafft hatte.

Der nächste, Jens Jakubeit, konnte sich an nichts Auffälliges auf dem Nachhauseweg erinnern. Er hätte zu tun gehabt, den völlig betrunkenen Marko aufrecht zu halten, denn Mike, der Dritte im Bunde, war dabei keine große Hilfe gewesen. So hatte er auch nicht gesehen, ob die Haustür der Naabe offen gestanden oder Licht im Haus gebrannt hätte. Er konnte sich aber noch erinnern, dass sie im Hirsch über „die alte Hexe" geredet hätten.

„Mike war wieder einmal knapp bei Kasse und so haben wir uns beklagt, dass die Alten immer genug Geld haben und es eigentlich gar nicht brauchen. Zum Beispiel die alte Naabe. Die haben wir schon als Kinder nur die Hexe genannt und ihre Hütte war das Hexenhaus. Sie muss doch unheimlich viel Geld haben, denn sie gibt nie welches aus. Und dann haben wir uns noch ausgemalt, was wir uns alles leisten könnten, wenn wir das Geld von der Alten hätten. Die anderen am Tisch haben auch mitgesponnen."

„Wer hat denn noch bei euch gesessen?" fragte Herberg nach.

„Die kannte ich nicht," erwiderte Jens. Eine dürftige Beschreibung des Äußeren der beiden Unbekannten war alles, was Herberg noch in Erfahrung bringen konnte.

Mike Kruschkoleit, ziemlich mürrisch und die Hände in den Hosentaschen, bestätigte im Wesentlichen das, was Herberg schon erfahren hatte. Ergänzend bemerkte er nur,

17

dass die beiden Fremden bestimmt aus der Kreisstadt waren. Er hätte dies am Reden und wie sie sich dort auskannten gemerkt. Und sie hätten sich eingehend nach dem Haus der Alten und nach ihr selbst erkundigt.

Die bisherigen Ergebnisse waren nicht berauschend, was den Ehrgeiz der jungen Sylvia Derlich nur noch mehr anstachelte. Die Spurensuche hatte außer reichlich Fingerabdrücken nichts ergeben. Neben der Hausbewohnerin hatten noch mindestens zwei weitere Personen ihre daktyloskopischen Spuren hinterlassen. Unterstellt, dass eine davon Kretzschmar war, mussten die anderen vom Einbrecher und wahrscheinlichen Mörder sein.

Anstelle rasanter Verfolgungen und zermürbender Verhöre war also weiterhin kriminalistische Kleinarbeit angezeigt. Mit dem Foto Kretzschmars klapperten die Ermittler die Hotels und Pensionen der Stadt und den naheliegenden Dörfern ab. Nirgends war der Gesuchte abgestiegen. Außerdem versuchten sie an Hand der vagen Beschreibungen den beiden fremden Diskogästen auf die Spur zu kommen, schließlich hatten diese im Hirsch von der Naabe und ihren vermeintlichen Schätzen erfahren. In den Jugendklubs und Diskotheken der Kreisstadt wurden die Ermittler fündig. Die beiden Gesuchten waren dort nämlich gut, oder besser: schlecht bekannt. Sie waren überall wegen Zechprellerei, Prügeleien und meist unter erheblicher Alkoholeinfluss begangenen Pöbeleien und Belästigungen besonders weiblicher Diskogäste aufgefallen und hatten deshalb auch da und dort Lokalverbot. In letzter Zeit waren sie jedoch nicht mehr aufgetaucht.

Während seine Assistentin die schleppenden Ermittlungen zwischen Enttäuschung über die ausbleibenden Ergebnisse und Betriebsamkeit hinsichtlich weiterer Recherchen verbrachte, sortierte Herberg in Gedanken noch einmal alle bisherigen Erkenntnisse um weitere Schritte unternehmen zu können. Sie saßen in seinem Dienstzimmer. Während Herberg in Gedanken versunken einen Teebeutel in seiner Tasse schwenkte, dachte Derlich laut über den Fall nach. „Wer mag bloß bei der alten Frau eingebrochen haben? Es ist doch offensichtlich, dass bei der rein gar nichts zu holen war.

18

Außerdem frage ich mich, ob es sich um einen Mord handelt, denn ein Raubmord, wenn es nichts zu rauben gibt, ist doch unlogisch. Also steckt bestimmt etwas ganz anderes dahinter. Vielleicht ist es eine alte Geschichte oder das Opfer hatte tatsächlich irgendwelche Reichtümer, von denen keiner etwas weiß; außer der Täter vielleicht...?"

Nachdem Herberg sorgfältig seinen Teebeutel mit dem Teelöffel ausgedrückt hatte, unterbrach er den Redefluss seiner Mitarbeiterin. „Das ist ja alles gut und schön, solange wir keinerlei Anhaltspunkte für ein mögliches Motiv haben, müssen wir uns an die paar Fakten halten, die wir bisher gefunden haben.

Am wenigsten Erfolg versprechend scheinen mir die verfeindeten Nachbarn zu sein. Haben Sie sich eigentlich um den Verbleib des toten Hundes gekümmert?"

Als Derlich ihn schuldbewusst und verlegen ansah fuhr er fort, „es wird zwar nicht viel bringen aber trotzdem sollten Sie das noch klären. Dann hätten wir noch den 'Griechen'. So lange der nicht auffindbar ist, werde ich einmal sehen, was es mit diesem Raumordnungsverfahren auf sich hat. Und dann hätten wir noch die beiden aus der Disko, Jens Noack und Arne Fiedler heißen die wohl, wenn es die beiden sind, die in der Stadt mehrmals aufgefallen sind. Das übernehmen Sie. Ich werde mich noch einmal mit den Burschen aus dem Dorf befassen, jetzt, wenn sie wieder nüchtern sind. Die haben uns bestimmt noch nicht alles gesagt."

Noch während Herberg seinen heißen Tee schlürfte, stürzte sich Derlich mit Feuereifer auf ihre neuen Aufgaben. Frau Ackermann sagte ihr am Telefon, dass der Pudel eigentlich ein „ordentliches Grab" in dem Garten verdient hätte, wo er immer so unbeschwert herumgetollt hatte, wegen diesen engstirnigen Bürokraten, die zum Absetzen der Hundesteuer unbedingt einer Nachweis hätten haben wollen, ist er jedoch den Vorschriften entsprechend verbrannt worden. Es war also nicht einmal mehr feststellbar, woran der Hund verendet war.

Aufwändiger war die Suche nach den beiden Diskobesuchern. Weil sie aber nicht nur in den Klubs und Diskos aufgefallen waren, fanden sich auch Aufzeichnungen im Bestand der Polizeiakten. Die jüngste

Eintragung war vom Ostersonntag. Die beiden Azubis Jens und Arne waren um 1.35 Uhr von einem Streifenwagen in die Rettungsstelle des Kreiskrankenhauses eingeliefert worden. Nach dem Besuch der Tanzveranstaltung im „Goldenen Hirsch" hatten sie an einer Tankstelle alkoholische Getränke kaufen wollen und sind bei dieser Gelegenheit mit sich dort aufhaltenden anderen Jugendlichen in Streit geraten, der schließlich in eine handfeste Prügelei ausgeartet war. Die vom Tankwart herbeigerufene Polizei nahm etliche der Raufbolde in Gewahrsam und brachte sie zur Notbehandlung ins Krankenhaus. Was sich zunächst als heiße Spur anließ, erwies sich damit als hinfällig.

Als am nächsten Tag Sylvia Derlich zum Dienst kam, sprudelte sie die Ergebnisse ihrer neuesten Recherchen heraus.

„Die Verzögerung bei der geplanten Grundstücks- übertragung betraf nicht nur Haus und Garten der Verstorbenen. Es gibt da noch ein brach liegendes Areal auf einem unwirtlichen Hügel. Dieses Land hatte die Naabe immer verpachtet; ein Bauer, der die umliegenden Felder bestellte, nutzte es mit. Im Zuge einer Reduzierung seiner Anbauflächen hatte er den Pachtvertrag schon vor Jahren gekündigt, seine eigenen Felder zu Dauergrünland gemacht und subventioniert mit Phacelia bestellt. Dieses wert- und nutzlose Stückchen Land der Eleonore Naabe ist allerdings plötzlich ins Zentrum von Begehrlichkeiten gerückt. Ein Gutachten hat nämlich die Gegend um diesen Hügel als hervorragenden Standort für Windenergieanlagen ausgewiesen. Jetzt wissen wir, warum Bodo Kretzschmar kürzlich zu Besuch bei seiner Großtante war." Triumphierend sah sie Herberg an. Der mochte ihre Begeisterung nicht so recht teilen.

„Das ist ja ganz interessant. Wir wissen aber noch nicht, an wen die Naabe ihre Grundstücke verkaufen oder im Falle Kretzschmar übertragen wollte – wenn Sie diesen Fakt überhaupt als Motiv für den Mord nehmen wollen. Die Autopsie hat übrigens zweifelsfrei Tod durch Ersticken ergeben. Wenn Kretzschmar ohnehin die Immobilien hätte kriegen sollen, warum sollte er seine Tante dann umbringen?"

20

Seine Kollegen erwiderte trotzig: „Vielleicht wollte sie an einen anderen verkaufen, diesen ehemaligen Pächter zum Beispiel. Kretzschmar hat das verhindern wollen, es kam zum Streit und dann sind ihm die Nerven durchgegangen. Oder er wollte nur sicher sein, dass er das Land bekommt und es weiter verkaufen kann. Als Erbe käme er sicher leichter an die Grundstücke, als wenn die ganze notarielle Tippeltappeltour abwarten muss."

„Es sind also noch etliche Fragen zu klären," gab sich Herberg versöhnlich. „Wenn wir nur mit diesem Kretzschmar mal reden könnten. Kann ja sein, dass er nur den harmlosen Neffen gab und mit dem Tod seiner Tante gar nichts zu tun hat."

Da er aber weiterhin unauffindbar blieb, nahm sich Herberg noch einmal die drei fidelen Heimkehrer vor. Zumindest die vagen Zeitangaben der fraglichen Nacht müssten doch genauer herauszufinden sein. Weil ihm besonders die Aussage von Mike Kruschkoleit im Nachhinein doch ziemlich dürftig erschien, nahm er ihn sich als ersten vor. Als ihm Mike gegenüber saß, fiel ihm auf, dass der diesmal ziemlich nervös war und einen Verband an der rechten Hand hatte. Herberg erinnerte sich an die eingeschlagene Scheibe an der Haustür und forcierte seine Befragung deutlich. Nach einigem Widerstreben gab Mike auf. Völlig zusammengebrochen erzählte er schließlich stockend, wie er beim Gerede über den vermutlichen Reichtum der Naabe auf die Idee gekommen wäre, sich etwas davon zu holen. Wenn er nur leise genug wäre, würde sie nicht einmal etwas merken. Nachdem er mit Jens den Marko nach Hause geschafft hatte, ist er mit einer Lampe zurück zum Hexenhaus gegangen. Nachdem ihm die Klinke an der Haustür abgebrochen war, hat er die Fensterscheibe eingeschlagen und sich dabei die Hand aufgeschnitten. Während er mit der Taschenlampe im Zimmer nach Wertvollem gesucht hatte, stand plötzlich die Alte in der Tür. Aus Angst, sie könnte ihn erkennen, ist er auf sie losgegangen und hat ihr Mund und Augen zugehalten und „ein wohl bisschen den Hals gedrückt, weil sie so gestrampelt hat". Als sie dann in Ohnmacht gefallen war, hat er auch im Obergeschoss gesucht, aber nichts gefunden. Weil er befürchtet hatte, sie würde bald

21

aufwachen und Spektakel machen, wäre er aber schnell wieder abgehauen. Dass sie von seiner Hand hat sterben können, wollte er einfach nicht glauben.

Herberg nahm ihn fest und übergab ihn dem Untersuchungsrichter.

Dorische Säulen

Mürrisch hob Claudius Materni den Kopf und blickte den Störenfried mit unverhohlener Missbilligung an. Er hatte sich in sein Arbeitszimmer an der Universität zurückgezogen, um ungestört in alten Büchern nach Beweisen seiner Theorien suchen zu können. Der Dreißigjährige war in die Welt der antiken und klassizistischen Baustile versunken und machte sich wegen der unwillkommenen Störung nicht die Mühe, seine Lesebrille abzunehmen. So bemerkte er nicht, dass die Frau, die unsicher die Tür zu dem winzigen Raum geöffnet hatte, äußerst attraktiv war. Sie hatte lange dunkle Haare und trug ein elegantes, schlichtes Kostüm. Wenig beeindruckt von Maternis Unhöflichkeit fragte sie direkt nach Professor Neuendahl.

„Der ist nicht da", brummte Materni, „Sein Zimmer ist übrigens am Ende des Ganges. Sie können ja nächste Woche noch einmal versuchen, ihn zu erreichen."

„Nun, das werde ich leider nicht können. Aber das ist auch gar nicht nötig. Ich möchte ihm nur ein Buch zurückbringen, das mein Mann sich vor längerer Zeit von Professor Neuendahl ausgeliehen hat." Mit einem charmanten Lächeln fügte sie hinzu: „Können Sie ihm das geben?"

Materni wollte schon ablehnen, schließlich gab es dafür Poststelle und Dekanat, aber nach einem Blick auf den Titel des in Leder gebundenen Werkes besann er sich anders. Dieses seltene Werk über dorische Säulen konnte er sehr gut für seine eigene Arbeit gebrauchen. Er beschied der Besucherin, sie könne das Buch hier lassen, er würde es dem Professor geben, sobald dieser wieder hier wäre. Undine Cremers dankte ihm mit einem strahlenden Lächeln, das Materni nicht mehr bemerkte, weil er schon nach dem Buch gegriffen hatte.

Einige Wochen später, Materni hatte das Buch erst übergeben, nachdem er einige alte, heute fast vergessene und dennoch überraschend aktuelle Informationen daraus entnommen hatte, sah er sie im Stadtpark wieder; in sehr angeregter Unterhaltung mit seinem Professor. Zu diesem hatte er ein etwas gespanntes Verhältnis; sie vertraten nicht nur unterschiedliche wissenschaftliche Anschauungen, die Arroganz des kurz vor der Emeritierung Stehenden konnte Materni kaum ertragen. Er hielt deshalb auch die regelmäßig im Institut kursierenden Berichte über vermeintliche Affären des seit langem geschiedenen alten Mannes mit Studentinnen für erfunden, zumindest jedoch für übertrieben.

Nun, als er die beiden öfter zusammen sah, schienen ihm allerdings die jüngsten Gerüchte über eine Liaison des Professors mit einer jungen Witwe in einem anderen Licht. Obwohl sich Materni nach einer großen Enttäuschung, die ihm schon als Teenager jegliches Verlangen nach partnerschaftlichen Beziehungen vergällt hatte, nahezu ausschließlich auf seine Arbeit, seine Forschungen konzentrierte, erwachte nun doch erstmals Interesse an einem der Geplänkel des Professors. Er hatte mittlerweile durchaus bemerkt, dass Undine Cremers, ein vergessener Zettel in dem ausgeliehenen Buch hatte ihm den Namen verraten, nicht nur ein attraktives Äußeres besaß und dies geschickt zu betonen wusste, sondern auch ein umgängliches freundliches Wesen hatte und mit ihrem Charme wohl jeden Mann bezaubern konnte. Ein Kontrast zu Neuendahl, wie er härter nicht denkbar sein konnte.

Dies ging Materni durch den Kopf, als dieser in einer Beratung des Fachbereichs ausschweifend über seine derzeitigen und künftigen Forschungsvorhaben palaverte. Diese Gedanken waren wie weggeblasen, als er seinen Namen hörte. Der Professor kritisierte seine Arbeit harsch und forderte, er solle sein Projekt ganz einstellen. Die eingesparten Mittel könne er selbst weitaus besser verwenden. ‚So ein Schweinehund!', dachte Materni. Nicht genug, dass er in seiner Dissertation vor allem Neuendahls Intensionen unterzubringen gehabt hatte, nun wollte er die Weiterführung seiner Arbeit verhindern. Während Materni mühsam um Fassung rang, er kannte all die fadenscheinigen Argumente gegen seine Arbeit und hatte eine solche Attacke eigentlich schon erwartet, sprang der französische Gastprofessor duMoulin seinem Kollegen bei und stellte Maternis Untersuchungen und Vergleiche als überholt und bereits widerlegt dar. Materni sah sich um die Früchte jahrelanger intensiver Forschungsarbeit gebracht -

24

vergebens hatte er sich unnötiger Entbehrungen ausgesetzt und die eitlen Gebaren und Riten im Institut erduldet. Allerdings erkannte er in den Argumenten des Franzosen nicht nur Widerspruch, sondern auch eine Chance, die begonnene Arbeit unter einem anderen Aspekt Erfolg versprechend abschließen zu können. Diese Art konstruktiver Kritik war im Institut von Professor Neuendahl bisher nicht üblich. Bis zur endgültigen finanziellen Sicherung der weiteren Forschungen, wurde Materni umgehend freigestellt und sein Vortrag auf einem Symposium gestrichen. Aufgebracht verließ er die Beratung und stürmte ins Freie.

Undine Cremers war nach dem tödlichem Motorradunfall ihres Mannes, der es mit seinem kleinen feinmechanischen Betrieb zu einem bescheidenen Vermögen gebracht hatte, beim Ordnen des Nachlasses auf einige wertvoll aussehende antiquarische Bücher gestoßen. Darunter war eins über Baukunde und Baustile. Sie erinnerte sich, dass der Professor, ein gelegentlicher Tennispartner, es ihrem Mann geliehen hatte, als er die Rekonstruktion seiner neu erworbenen Villa geplant hatte.

Der Professor brachte seine Freude über die Rückgabe des bibliophilen Kunstwerks überschwänglich zu Ausdruck. Mit großem Einfühlungsvermögen, was ihm keiner seiner Mitarbeiter zutrauen würde, bemühte er sich weiter um Undine. Er wollte ihr nicht nur helfen, den Verlust ihres Mannes zu verwinden, er ließ auch seine Verbindungen spielen, um für Undine Cremers optimale Bedingungen bei der Veräußerung der Firma heraus zu holen. Seine Tätigkeit als Hochschullehrer ließ ihm ausreichend Freiheit dafür. Undine war zunächst etwas reserviert gegenüber diesen vermeintlichen Anbiederungsversuchen, der wenig schmeichelhafte Ruf Neuendahls in amourösen Dingen war ihr natürlich bekannt. Aber der Professor schien alle Unterstellungen Lügen zu strafen und gab ihr das Gefühl von Vertrauen und Geborgenheit. Dies war in ihrer Ehe mit dem egoistischen Ulf nie aufgekommen. Und sie hatte es auch nicht vermisst bei ihrem eigenen Streben nach Selbstverwirklichung und Unabhängigkeit. Sie verbrachten viel Zeit miteinander, mehr als für die Einrichtung in ihre neuen Lebensumstände erforderlich wäre. Schließlich kamen sie sich in jeder Hinsicht näher, hatten zärtlichen Sex miteinander und schmiedeten sogar gemeinsame Zukunftspläne.

Materni auf seiner Flucht aus der Beratung stieß das Portal des Instituts mit so viel Schwung auf, dass es vernehmlich an den Stopper krachte. Eine Frau sah ihn heranstürmen und trat lächelnd beiseite, als sie sein zorniges Gesicht bemerkte. Es war Undine Cremers, die auf dem Weg zum Professor war. Sie erkannte in Materni den Flegel, der sie bei ihrem ersten Besuch im Institut so unhöflich behandelt hatte. Von Neuendahl hatte sie inzwischen einiges wenig Schmeichelhaftes über ihn erfahren. Demnach war er ein dröger Pedant, der nur für die Wissenschaft lebte, dennoch wenig Neues hervorbrachte und sich eher mit dem Aufstöbern bislang unbekannter Zusammenhänge und Verknüpfungen zu profilieren suchte.

Um so erstaunter war sie nun, als sie den vermeintlich lethargischen Grübler so forsch und vor allem emotional aufgewühlt sah. Sowohl von Ulf, wie auch nun von Neuendahl hatte sie solche Ausbrüche noch nie gesehen. Die ohnmächtige Unbeholfenheit, mit der Materni vergebens versuchte, ein Ventil für seine unerträglichen Wut und Ärger zu finden, rührte und amüsierte sie zugleich. Als sie Neuendahl diese Episode schilderte, war der zwar wenig am mentalen Zustand eines unbedeutenden Mitarbeiters interessiert, das offensichtliche Interesse, das Undine diesem Materni entgegenbrachte, irritierte ihn weit mehr. Er würde etwas dagegen unternehmen.

In der folgenden Zeit ergab es sich, dass sich Undine Cremers und Materni einige Male begegneten. Eines Abends, Professor Neuendahl war zu einer Konferenz auf Kreta, war er zufällig in der Nähe ihres Hauses, als sie etwas mühevoll aus einem Taxi stieg. Sie hatte bei einer Freundin viel gequatscht und etwas getrunken. Aus einer Laune heraus beschloss sie, diesen jungen spröden Materni, den ihr Professor offenbar nicht besonders leiden konnte, ein wenig zu provozieren. Vielleicht gelang es ihr, ihn noch einmal zu einem so herrlichen Wutausbruch zu bringen. Wenn nicht, könnten sie doch zumindest einen schönen Abend miteinander haben. Es fiel ihr nicht schwer, ihn ins Haus mitzunehmen. Materni ließ sich bei allen, zugegeben

26

halbherzigen Bemühungen nicht provozieren. Im Gegenteil, sie verbrachten den größten Teil des Abends im Bett, beide erschrocken und fasziniert von der unerwarteten Leidenschaft des anderen.

Undine Cremers wachte mit unerträglichen Kopfschmerzen auf. ‚Was habe ich nur letzte Nacht gemacht?' fragte sie sich verzweifelt. Ihr Mann, mit dem sie regelmäßig, wenn auch leidenschaftslos Sex gehabt hatte, war noch nicht lange beerdigt, da hatte sie nicht nur schon eine neue feste zukunftsträchtige Beziehung zu einem gut situierten, erfahrenen Mann, sondern war auch noch auf dem besten Wege in eine Affäre zu einem viel zu jungen, der sich im Übrigen schon davon gestohlen hatte. Wie sollte das enden?

Nach Einbruch der Dunkelheit stand Materni mit einem riesengroßen Blumenstrauß vor ihrer Tür, stammelte eine Entschuldigung wegen seiner morgendlichen Flucht und gestand ihr im selben Atemzug seine Eifersucht „auf den alten Bock" und dass er sie selbst schon lange verehre, sonst wäre er am Vortage auch gar nicht zu ihr ins Haus gekommen und dergleichen Unsinn mehr. Undine hielt ihm den Mund zu, zog ihn in die Diele und küsste ihn leidenschaftlich. Als hätten sie keine Zeit aber viel nachzuholen, sanken sie auf den weichen Teppich und liebten sich. Später tranken sie eine Flasche Wein und redeten miteinander. Nach Mitternacht ging Materni, weil er andernfalls keinen Schlaf fände und ja noch niemand erfahren müsse, dass er die Nächte bei Undine verbringe. Dies wiederholte sich jeden Tag bis Undine am vierten Abend sagte: „Ab morgen müssen wir uns etwas einfallen lassen, da kommt Harald zurück. Unser Chef," fügte sie augenzwinkernd hinzu.

Während sie das Haus in Ordnung brachte, grübelte sie über ihre Situation nach, wie es mit ihr und den beiden Männern weiter gehen sollte, ohne zu einem Ergebnis zu kommen. Blieb sie bei Professor Neuendahl hatte sie Fürsorge, Luxus und Ruhe und in zehn Jahren vielleicht schon einen Pflegefall. Claudius Materni hatte mit seiner Leidenschaft Gefühle in ihr geweckt, die sie schon längst überwunden geglaubt hatte. In seinen Armen fühlte sie sich wieder als Teenager. Aber wie würde er zu ihr sein, wenn er im besten Alter für jüngere Frauen attraktiv wäre und sie ihr Alter nicht mehr kaschieren könnte? Daran verschwendete Materni keinen Gedanken. Er schwebte eine Woche lang auf Wolke sieben, dachte über eine Zukunft mit Undine nach und überließ währenddessen, weil nun seiner wissenschaftlichen Erfolge sicher, Praktikanten die mühseligen Recherchen. Lediglich an die bevorstehende Rückkehr Neuendahls dachte er mit Unbehagen. Es würde wieder unerfreuliche Auseinandersetzungen geben. Aber dies Mal würde er, schon Undines wegen, nicht klein beigeben.

Professor Harald Neuendahl hatte auf Kreta einen stark beachteten Vortrag gehalten und fühlte sich wieder einmal als einer der maßgeblichen Architekturhistoriker bestätigt. Mit diesem beruflichen Hochgefühl schmiedete er schon auf dem Rückflug Pläne für die Zeit nach seiner Emeritierung: er würde ein wohlbestelltes Haus hinterlassen, in dem kein Platz für diesen Querkopf Materni war, aber mit Vorhaben, an denen sich seine Nachfolger beweisen mussten und ihn nicht vom Sockel stoßen könnten, während er sein durch ständige Anfragen und Bitten um Unterstützung unterbrochenes Pensionärsdasein an der Seite der attraktiven Undine genießen würde.

Dies alles erzählte er Undine Cremers, die ihn mit ihrem SL 350 vom Flughafen abholte, schon im Auto. Sie meinte an dieser Stelle seiner Ausführungen, „Mit meiner Attraktivität an deiner Seite würde ich an deiner Stelle nicht mit solcher Sicherheit planen."

„Wie soll ich denn das verstehen? Was hast du dir nur ausgedacht während ich auf Kreta für uns hart gearbeitet habe?"

Nach einigen Floskeln über ihre Wertschätzung und Zuneigung ihm gegenüber sagte sie schließlich, dass sie nicht mehr sicher wäre, ihr weiteres Leben mit ihm, Harald, verbringen zu wollen. Sie brauchte noch Zeit für eine solche Entscheidung.

Da Neuendahl überzeugt davon war, dass es für sie keine Alternative gäbe, vertiefte er das Thema nicht weiter, sondern verkündete, dass er nach diesem Kongress ohnehin viel im Institut zu tun hätte und man sich in dieser kurzen

Zeit der freiwilligen Trennung Gedanken über die Zukunft machen könne. Aber das hätte ja schließlich noch Zeit.

Als er am nächsten Abend vor ihrer Tür stand, hatte sie zunächst gedacht, Claudius wäre entgegen ihrer Abmachung gekommen. Neuendahl stürmte mit verhaltenem Zorn an ihr vorbei, drehte sich um und machte ihr heftigste Vorwürfe. Seine gepresste Stimme formulierte bei aller Wut gestelzte Sätze, die vor allem seine gekränkte Ehre und ihre Undankbarkeit zum Inhalt hatten.

„Ich weiß alles. Es gibt schließlich Mitarbeiter, die hart für ihre Zukunft arbeiten und nicht nur solche, die bei ihrem Professor schmarotzen wollen. Du kannst doch nicht ernsthaft auch nur im Entferntesten an irgendeine Beziehung mit diesem Materni gedacht haben. Mit solchen Leuten verkehrt man allenfalls im Institut! Wenn überhaupt," schnaubte er verächtlich.

Der wohlklingende Türgong ertönte und Undine sah nun, wie vorhin befürchtet, Claudius vor der Tür stehen. Auch er stürmte grußlos an ihr vorbei.

„Stell dir vor, der Alte hat mich rausgeschmissen, gleich als er zurück war!"

„Und das aus gutem Grund!" tönte es aus einem Zimmer. Materni fuhr herum und stand dem Professor gegenüber, der ihn höhnisch anstarrte. „Mein lieber Herr Materni, sie dürfen doch nicht glauben, dass ich die Qualität meines Instituts ruinieren lasse und dann noch von einem, der mit meiner künftigen Frau schläft, kaum, dass ich den Rücken drehe. Verschwinden sie aus meinem Leben!" Obwohl er sich zu beherrschen versuchte, war Neuendahl laut geworden. Er hatte sich einen Feuerhaken des Kaminbestecks gegriffen und fuchtelte damit während seiner Tiraden drohend vor Maternis Gesicht herum.

Materni schlug ihn den Haken aus der Hand brüllte zurück: „Und ich lass' mir von ihnen nicht meine Zukunft zerstören! Ausgerechnet von ihnen, der sie mit alten Geschichten, erinnerst du dich an das ausgeliehene Buch?" wandte er sich Undine zu, „Lorbeeren einheimsen wollen und eigene Ergebnisse vortäuschen. Sie sabotieren auch noch meine Arbeit und wollen die Frau, die ich liebe. Ich lasse mir das von ihnen nicht bieten!"

Die beiden ließen weitere so heftige Anschuldigungen und Beleidigungen folgen, dass sich Undine erschrocken fragte, ob das noch die beiden gleichen zärtlichen liebevollen Männer waren, zwischen denen sie sich nicht entscheiden konnte. Als sie handgreiflich wurden, versuchte sie, sie zu trennen. Materni schob sie zurück und Neuendahl rief: „Fassen sie sie nicht an, nie wieder!" und schlug ihm mit der Kaminbürste brutal auf den Unterarm. Materni heulte auf vor Schmerz und schlug Neuendahl mit der anderen Hand voller Kraft ins Gesicht. Der wollte vergeblich ausweichen, verlor das Gleichgewicht und stürzte nach hinten. Sein Kopf landete im Kamin auf dem aufgeschichteten Holz, die scharfen Zacken des Gitters davor bohrten sich durch seinen Hals. Die eiserne Bürste entglitt seiner Hand, Blut strömte aus Hals und Mund, mit einem Röcheln schlossen sich die angstgeweiteten Augen.

Undine Cremers verkaufte die Villa und zog weg.

Claudius Materni wurde wegen Totschlags verurteilt. Eine wissenschaftliche Karriere blieb ihm als Vorbestraftem verwehrt. Er schreibt nun Bücher.

Am Strand von Varna

Die Sonne hatte an diesem heißen Julitag den Zenit schon längst überschritten. Die langsam länger werdenden Schatten erreichten schließlich den Balkon und machten ihn damit endlich benutzbar. Als Arnd Altus, ein Kaufmann aus Hessen, dies im abgedunkelten Zimmer bemerkt hatte, erhob er sich von seinem schäbigen Hotelbett, griff sich seine Raucherutensilien, warf noch einen flüchtigen Blick auf seine reglos im anderen Bett liegende Frau, öffnete den Vorhang und trat hinaus auf den schmalen Balkon.

Gleißende Helle ließ seine Augen blinzeln. Rechts spiegelte sich die Sonne auf den sanften Wellen des Schwarzen Meeres und vor ihm, sechs Etagen tiefer, reflektierte der Goldstrand von Varna mit etlichen Hotels, alle sehr hell angestrichen, die hochsommerlichen Sonnenstrahlen. Einzig links gewährte das Grün bewaldeter Hügel den geplagten Augen etwas Erholung. Altus ließ sich auf den Kunststoff-Stuhl fallen und begann, Tabak in die Pfeife zu stopfen. Dabei glitt sein Blick über das vor ihm liegende Panorama. Der breite Strand mit den in regelmäßigen Abständen aufgestellten bunten Sonnenschirmen war mit unzähligen Urlaubern bevölkert. Im Meer schwammen Badelustige und auf dem Betonband der Strandpromenade flanierten bei aller Hitze einige Leute. Nicht weit von seinem Hotel ragte ein hölzerner Bootssteg in das Meer. Von hier hatte er mit seiner Frau vor Tagen auf einem kleinen Motorkahn einen Ausflug zum Hafen von Varna gestartet. Abends beobachteten sie gelegentlich Angler auf dem Steg.

Altus zündete sich umständlich die Pfeife an, genoss die ersten Züge seines Cavendish und blickte dabei wieder nach unten. Für den Zugang zum Bootssteg, den Landungsbrücke zu nennen tatsächlich etwas übertrieben wäre, war der Sandstrand an dieser Stelle etwas befestigt. Eine andere Bezeichnung hatte der wie beiläufig verteilte Beton, kaum geglättet und ohne begradigten Rand wirklich nicht verdient. Beiderseits dieser Pseudo-Magistrale hatten sich zwischen Strand und Promenade einige Urlaubsvergnügungen etabliert. Der Platz dafür war

31

entstanden, indem sich die Promenade vom Strand trennte und im eleganten Bogen um diese Oase führte. Da waren zunächst die unvermeidlichen Snack-Bars, Kamel-mit-Palme-Fotografen, zwei Tennisplätze, die jetzt in der Nachmittagshitze verwaist waren, und eine von der Sonne arg geschundene Rasenfläche mit Planschbecken und spärlich berankter Pergola. Als bulgarische Besonderheit ragten links und rechts neben dem Zugang zum Steg aus dem Sand übermannshohe Wände aus besserem Pappkarton. Dahinter konnten, Männlein und Weiblein züchtig getrennt, Nudisten ihrer Leidenschaft für Freikörperkultur frönen. Viel Betrieb war eigentlich in keiner dieser überdimensionalen oben offenen Schachteln.

Mit einem dünnen Lächeln angesichts dieser nackten Tatsachen erhob sich Altus, um den Aschenbecher aus dem Zimmer zu holen. Er trat an das Bett seiner Frau. Während er ihr Handgelenk fasste, blickte er aufmerksam in ihr blasses Gesicht und lauschte ihrem flachen Atem.

Nachdem er seinen alten Platz auf dem winzigen Balkon wieder eingenommen und für ordentlichen Zug seiner Pfeife gesorgt hatte, wandte er sich erneut dem Treiben am Strand und auf der Promenade zu. Genüsslich schmauchend hob er dann den Blick zum Horizont. Dort war schemenhaft die Küste von Baltschik zu erkennen. Weiter rechts, in Richtung Kap Kaliakra, verlief sich diese Steilküste im Dunst. Der Strand vor ihm endete einige Kilometer nördlich an einer steilen Landzunge, hinter der sich Albena verbarg, ein weiterer Küstenort mit herrlich weitem Sandstand voller Touristen. Davor, aus dieser Entfernung kaum zu erkennen, lag eine alte Korvette wie gestandet auf dem Sand. In dieser geschickt platzierten Touristenattraktion verbarg sich ein Restaurant, in dem sie gestern Abend ein rustikales Fischessen begleitet von lauter Folklore eingenommen hatten.

Erst als er schließlich seine Pfeife aufgeraucht und ausgeklopft hatte, ging Altus zurück ins Zimmer, um nach seiner Frau zu sehen. Sie atmete nicht mehr. "Na endlich", murmelte er und griff zum Zimmertelefon. "Schicken Sie einen Notarzt, schnell, meiner Frau geht es nicht gut! Möglicherweise sie hat eine Fischvergiftung!" Der Portier verstand natürlich nicht gleich. Nach dem Austausch einiger englischer Wortbrocken signalisierte er dann, dass er „no problem" sähe und etwas unternehmen würde.

Neben dem Aschenbecher knisterte leise die sich abkühlende Tabakspfeife.

Die zweite Silvesterparty

Am Rande des Infernos aus ohrenbetäubendem Lärm und rhythmisch zuckenden Leibern, stickigem Qualm und gleißenden Lichtfetzen, das die Veranstalter "Die ultimative Silversterparty im Club" genannt hatten, standen die Gäste in Grüppchen mit einem Glas in der Hand oder kauerten auf hochbeinigen Barhockern an der Theke. Wie ein Fremdkörper inmitten der Jeans- und Shirtträger saß dort Michael Wessler im Anzug und mit Krawatte. Seine blauen Augen starrten unbeeindruckt vom Trubel um ihn herum durch die randlose Brille in sein Glas.

Das Neue Jahr, überschwänglich begrüßt mit dem unvermeidlichen Gejohle, mit Wünschen, Umarmungen und Küsschen, war noch keine Stunde alt, als sich die attraktive Grit Gerharts mit einigen leeren Gläsern in der Hand einen Weg durch die tanzende Menge hindurch zum Tresen bahnte. Dort angekommen drängelte sie sich neben Wessler, stellte die Gläser ab und rief dem Barkeeper fröhlich zu: "Noch ´mal drei Coke mit Speed". Während sie darauf wartete, dass ihre Bestellung erfüllt werde, schwang sie ihre Hüften im Rhythmus und sah interessiert den Tanzenden zu. Dabei stieß sie an Wessler, der gerade im Begriff war, wieder einmal sein Glas zu leeren. Er riss unwillig seinen Blick vom Glas und heftete ihn mürrisch an seine Nachbarin. Da machte sich plötzlich freudiges Erkennen auf seinem Gesicht breit.

"Hallo Grit, was machst denn du hier?"

Sie fuhr herum, war zunächst überrascht, strahlte ihn dann aber an. "Hey Micki, du kannst aber blöde Fragen stellen. Alles Gute zum Neuen Jahr!" Küsschen links, Küsschen rechts und dann sprudelt es aus ihr heraus: "Ich hab dich bisher gar nicht gesehen. Bist du schon lange hier? Ich bin mit ein paar Freunden da hinten. Wir haben einen mordsmäßigen Spaß. Komm doch einfach mit zu uns rüber. Robert aus unserer alten Klasse ist auch dabei und noch welche aus meinem Seminar."

Die Freude war inzwischen wieder aus Michaels Gesicht gewichen. Er schüttelte stumm den Kopf und wandte sich erneut seinem Glas zu. Nach einem kräftigen

Schluck unterbrach er das unbeschwerte Geplapper seiner ehemaligen Mitschülerin.

"Wie geht's dir sonst so? Was macht das Studium?"

"Einfach super! Die Gymi war ja auch nicht schlecht, bis vielleicht auf die Streberei vor dem Abi. Aber Studieren ist doch noch besser. Man lernt so viele neue Leute kennen und der Studienbetrieb ist viel lockerer als Schule. Ich wohne nicht mehr zu Hause bei meinen Eltern. Wir haben eine tolle WG, da ist jeden Tag was los. Ich habe jetzt im ersten Semester noch nicht allzu viele Fächer belegt, erst 'mal testen. Außerdem werde ich sowieso die Fachrichtung wechseln. Kommunikationspsychologie - das ist doch was."

Der Junge hinter dem Tresen hantierte geschäftig mit Flaschen und Gläsern. Grit überzeugte sich beiläufig mit einem raschen Blick, dass die bestellten drei Gläser noch nicht in Arbeit waren und wandte sich wieder Micki zu.

"Was machst denn du jetzt? Studierst du auch oder bist du beim Bund?"

Ein leichtes Zucken verriet, dass sie mit dieser Frage einen wunden Punkt berührt haben musste. Nach einer Weile antwortete Michael, ohne den Blick zu heben und so leise, dass seine Stimme in der lauten Musik kaum zu hören war. "Ich bin im Betrieb von meinem Vater. Er hat dafür gesorgt, dass ich ausgemustert worden bin. Er meint, dass ich alles, was ich fürs Leben wissen muss, bei ihm lernen kann. Dazu brauche ich weder ein Studium noch die Bundeswehr. Die verschlingen nur seine Steuern, wenn er überhaupt welche zahlt, und kosten überhaupt bloß Geld und Zeit. Wenn es mir schon so gut geht, dass ich den Betrieb einmal übernehmen kann und nicht erst mühsam aufbauen muss wie er, kann ich bis dahin auch etwas tun dafür. Das Abitur war schon Zeitverschwendung; ich würde es sowieso nicht brauchen. Da bin ich nun eben sein einziger und billiger "Assistent des Geschäftsführers". Jedenfalls war ich das bis gestern."

Grit war ernst geworden. Sie sah ihn mitfühlend an und meinte, "Ich möchte nicht mit dir tauschen, was dir alles entgeht! Gott sei Dank brauche ich auf niemanden Rücksicht nehmen. Seit ich von zu Hause weg bin verstehe ich mich blendend mit meinen alten Herrschaften. Meine größte Sorge ist, dass ich jeden Monat mit dem BAFöG auskomme." Dann kam sie auf Mickis letzte Bemerkung zurück: "Wieso bis gestern?"

Er seufzte und meinte gequält, "Was denkst du denn, weshalb ich hier im guten Zwirn sitze? Ich bin abgehauen. Mein Vater hat mich zu so einer noblen Fete in den "Schlossgarten" mitgeschleppt. Dort musste ich vor seinen Geschäftspartnern und Vereinsmeiern den hoffnungsvollen Juniorchef spielen. Erst waren alle ganz steif und distinguiert, später dann besoffen und vulgär. Ich hab das nicht mehr ausgehalten. Als dann der Alte damit angab, wie weit er es ohne Abitur gebracht hat und wie er mir den intellektuellen Spleen samt sonstiger Höhenflüge noch austreiben wird, habe ich ihm vor allen Leuten gesagt, daß er sich seine Recycling-Klitsche an den Hut stecken soll; mehr taugt sie eh nicht. Und es ist eine Strafe, dort arbeiten zu müssen. Da hat er losgebrüllt, mich sofort entlassen und enterbt. Die üblichen Bemerkungen über den Undank und die Unverschämtheit der Jugend durften natürlich auch nicht fehlen. Da bin ich gegangen."

"Und weiter?"

"Ich weiß es nicht. Vielleicht gehe ich nie mehr zurück".

"Mach keinen Quatsch, Micki. Außerdem feiern wir jetzt Silvester und wälzen keine Probleme. Das kommt morgen noch zurecht."

Der Keeper stellte nun endlich die bestellten Drinks auf den Tresen. Während Grit zahlte meinte sie aufmunternd, "Am besten, du kommst jetzt erst ´mal mit zu uns rüber. Du kannst dann auch bei uns in der WG schlafen. Später sehen wir dann weiter. Los, komm schon!" Sie nahm ihre Gläser und versuchte, sie ohne zu verschütten mitten durch die Tänzer zu ihren Freunden zu bringen.

Michael Wessler jedoch verfiel wieder in seinen anfänglichen Stumpfsinn und blieb sitzen. Er starrte in sein Glas und murmelte nur, "Mal sehen. Vielleicht gehe ich auch nach Amerika."

Die Party ging weiter, so laut und schrill wie sie im Vorjahr begonnen hatte. Die meisten "guten Vorsätze" aus der Silvesternacht werden im neuen Jahr wohl wieder nicht gehalten werden.

36

Inselpicknick

Mit einem fröhlichen Krächzen aus der altersschwachen Schiffshupe verabschiedete sich unser Boot aus der Bucht. Das ägäische Meer war von herrlicher Bläue und kräuselte sich sanft an diesem frühen Morgen. Der alte Fischerkutter hatte zwar schon bessere Tage gesehen, aber viel Farbe und bequeme Stühle statt nach Fisch riechender Netze und Kisten hatten aus ihm einen passablen Ausflugskahn gemacht. Ich hatte mir einen Sessel an der Backbord-Reling gesichert und konnte deshalb gut beobachten, wie die Küste immer schmaler und die Häuser immer kleiner wurden. Selbst unser Hotel, ein gefällig geformter zweigeschossiger Betonklotz, der sich dennoch wie ein Fremdkörper im Pinienwald ausnahm, schrumpfte so auf eine verträgliche Größe.

Umtönt vom gleichmäßigen Tuckern des Dieselmotors und dem Schreien der das Schiff umkreisenden Möwen, umfächelt von der lauen Brise des Fahrtwindes machte sich im Schatten des fürsorglich aufgespannten Sonnensegels unter den Passagieren bald träge Mattigkeit breit.

Als nach Stunden das Ziel der Reise erreicht war, entpuppte sich die so großartig angepriesene Insel als ein winziges Eiland von wenigen Kilometern Durchmesser. Schmale Strände wurden von felsigen Küstenabschnitten unterbrochen. Nur zwei, drei flache Hügel inmitten der Insel waren mit Büschen und windzerzausten Pinien bewachsen. Das Ufer war schon greifbar nahe, da drosselte Kapitän Vasili Mavropoulos plötzlich den Motor und ließ den Anker werfen. Etwa einhundert Meter vor der Küste! So sah also die angekündigte Badegelegenheit aus: wer am gemeinsamen Picknick, im Fahrpreis inbegriffen, teilnehmen und nicht den ganzen Nachmittag auf dem Kutter verbringen wollte, musste an Land schwimmen. Wenngleich das Wasser verführerisch lockte, kostete es die zwei Dutzend Urlauber doch einige Überwindung, so unverhofft in unbekanntes Wasser springen oder gleiten zu müssen. Andererseits war das Meer hier so flach, dass der Kutter tatsächlich nicht näher an den Strand konnte. Zwei

Passagiere, die Bademöglichkeit mit nicht wahrzunehmen müssender Freiwilligkeit gleichgesetzt hatten, lehnten es kategorisch ab, in Unterwäsche oder gar ohne diese an Land zu schwimmen. Ihnen und einigen bekennenden Nichtschwimmern stand dann doch noch das Beiboot zur Verfügung. Ich hatte zunächst gezögert, bin dann aber doch unter Zurücklassen von Shorts und T-Shirt die paar Meter an Land geschwommen.

Die Illusion, auf dem einsamen Eiland dem Massentourismus mit seinem Trubel entflohen zu sein, war überwältigend: unberührte Natur, glasklares Wasser, sauberer Strand und vor allem himmlische Ruhe. Das Glück wäre vollkommen gewesen, hätte sich ein schattiges Fleckchen auftreiben lassen, um der stechenden Sonne entfliehen zu können.

Das Beiboot vollbrachte nützliche Dienste beim Heranschaffen der für das Picknick erforderlichen Gerätschaften und vor allem natürlich der Zutaten für die leckeren griechischen Gerichte. Bald schon verbreiteten die auf dem Grill brutzelnden Bifteki und Souflaki einen verführerischen Duft am Strand. Natürlich durften Salate, Wein und Wasser nicht fehlen. Mit einem bei dieser Hitze beachtenswerten Eifer zeigte die kleine Bootsbesatzung, dass sie nicht nur auf maritimem, sondern auch auf gastronomischem Gebiet ihr Handwerk verstand.

Nach dem rustikalen Mal zerstreuten sich die Inselbesucher; einige ließen sich vom Essen ermattet gleich an Ort und Stelle in den Sand fallen, andere brachen zur Entdeckungstour auf, manche suchten Abkühlung oder Spaß im Meer. Die Besatzung räumte derweil den Strand auf und löschte das Grillfeuer. Außer dem Schild mit der vorgesehenen Abfahrtszeit schaffte sie alle Gerätschaften, die eingesammelten Abfälle und Reste auf das Boot.

Kurz vor dem geplanten Ankerlichten, ich war wie die meisten der Urlauber schon zurück zum Schiff geschwommen, ruderte einer von der Besatzung das Beiboot noch einmal zum Strand, um das Schild und die restlichen Nichtschwimmer an Bord zu holen.. Wir pünktlichen Fahrgäste standen an der Reling und konnten beobachten, dass am Strand irgendetwas Unvorhergesehenes passiert sein musste. Heftig gestikulierend standen der Bootsführer und einige Urlauber im knietiefen Wasser und machten keine Anstalten, zurückzukommen. Der Kapitän Mavropoulos ließ zum zweiten Mal die nun gar nicht mehr lustig klingend Hupe ertönen. Diese nachdrückliche Aufforderung zum Einsteigen brachte keinen Erfolg.

Wie ich später erfahren konnte, hatte man auf der Insel bemerkt, dass vier Leute noch fehlten. Es wurde beratschlagt, was denn nun zu tun sei und dem Bootsführer zu verdeutlichen gesucht, dass er noch nicht ablegen dürfe. Die größten Sorgen machte sich Manuela Opitz um ihren Mann. War er ertrunken? War er eingeschlafen und lag nun mit Hitzschlag einsam auf dem Felsen? Es war aufgefallen, dass neben Klaus Opitz und dem Ehepaar Ute und Martin Gredy auch die attraktive Frau Heine, die allein reiste, fehlte. Der etwas beleibte Uwe Neubert, ein lustiger Kerl mit kesser Lippe, konstruierte lautstark gleich die wildesten Zusammenhänge.

Da erschienen hinter einem Felsen an der östlichen Küste zwei der Vermissten. Sie eilten durch das aufspritzende seichte Wasser zu der Gruppe der Wartenden. Es waren die Gredys, die ihre Verspätung damit entschuldigten, dass sie beim Umrunden der Insel deren Ausmaße wohl unterschätzt hätten. Sie schwärmten von den vielen interessante Steinen und Fischen, den herrlichen kleinen Buchten, die sie entdeckt und beobachtet hätten und bedauerten, dass die Zeit für diesen Streifzug viel zu kurz gewesen wäre. Nachdem sie vom Fehlen der anderen beiden in Kenntnis gesetzt worden waren, gaben sie an, niemanden in dieser Einöde begegnet zu sein. Das beunruhigte Frau Opitz, denn ihr Mann hätte sich von ihr ebenfalls zu einer Inselumrundung verabschiedet, als sie lieber in der Nähe des Bootes hatte bleiben wollen.

Als dem Griechen klar geworden war, dass er zunächst nicht alle der auf der Insel noch weilenden Passagiere würde zurückbringen können, setzte sich erst einmal in den Sand und zündete sich, mit einer Hand das Tau des Beibootes haltend, eine Zigarette an. Gelassen verfolgte er den weiteren Disput der Urlauber, ob man die Hände in den Schoß legen und einfach warten oder doch lieber gleich eine Suchaktion starten sollte. Vom Kutter krächzte zum dritten Mal die Hupe, sie klang nun richtig zornig, und ein Ende der Debatte war immer noch nicht abzusehen. Inzwischen war fast eine Stunde seit der angekündigten Abfahrtszeit vergangen. Da tauchte aus Richtung Inselmitte Klaus Opitz auf und kam forschen Schrittes näher. Seine Frau eilte ihm freudig entgegen, blieb aber nach wenigen Schritten abrupt stehen und erstarrte wie Lots Weib. Sie hatte Frau Heine entdeckt, die gerade um den Felsen bog, wo vorhin die anderen beiden Zuspätkommer aufgetaucht und angeblich niemandem begegnet waren. Ohne ihren Mann und die anderen noch eines Blickes zu würdigen, drehte sie sich um und stürzte ins Meer. Mit kraftvollen Zügen schwamm sie allein zum Kutter. Betretenes Schweigen machte sich breit.

Nachdem schließlich alle an Bord waren, konnte der Kutter endlich Heimatkurs aufnehmen. Die Verspätung brachte es mit sich, dass zum Schluss der Bootsfahrt die Nacht hereinbrach. Vom Schiff konnten die Passagiere viele bunte Lichter am Ufer sehen. Aber romantische Stimmung wollte nach dem Zwischenfall auf der Insel nicht aufkommen.

Jeepsafari

An diesem zeitigen Morgen, die Sonne ließ spielerisch erste Strahlen über das Meer tanzen, lag die Straße öd und leer noch im Schatten der großen Strandhotels. Außer übervollen Abfalleimern und Papierkörben erinnerte nichts an das lustige Treiben in der vergangenen Nacht, als die Straße voller Menschen war und aus den Tavernen und Bars laute Musik, vielsprachiges Stimmengewirr und der Widerschein bunter Lichter drang. Vor dem Eingang eines Hotels standen einige Urlauber. Unter ihnen war auch Tristan Pirzkall mit seiner Frau Carina. Sie waren alle in Erwartung hochsommerlicher Temperaturen leicht und bunt gekleidet. Noch ließ sie die ungewohnte Morgenkühle fröstelnd die Schultern zusammenziehen; die Gespräche erschöpften sich in einigen belanglosen Bemerkungen bei der Begrüßung von Neuankömmlingen

Schweigend beobachteten sie zwei Männer, die die Abfallsäcke auf ein klappriges Lastauto warfen. Da tauchte endlich in einer Kurve eine Handvoll kleiner Suzuki-Jeeps auf und kam immer lauter werdend näher. Mit viel Getöse umkurvten sie schließlich das Müllauto und kamen mit quietschenden Bremsen bei den Wartenden zum Stehen. Diese griffen nach ihren Rucksäcken und eilten zu den Wagen. Auf ging es zur Jeep-Safari.

Nachdem als letzte auch Tristan und Carina ihren Platz im Jeep Nr. 4 eingenommen hatten, ging es los. Nach einer halben Stunde Fahrt, während der sie von der Uferstraße aus etliche um diese Zeit menschenleere Strände und felsige Buchten entdecken konnten, hielt die Karawane auf einem Parkplatz. Der Chef der Expedition rief alle Teilnehmer zu seinen Wagen und informierte über die bevorstehende Fahrt. Die allgemeinen sowie speziellen Hinweise für das Autofahren im unwegsamen Terrain waren natürlich für die meisten nichts neues, denn der automobile Ritt durchs Gelände wird in keinem Urlaub ausgelassen. Schließlich kann oder will man mit dem eigenen Jeep oder SUV, so man denn einen sein Eigen nennt, im heimatlichen Deutschland nur auf der Straße fahren.

Auch Tristan kannte das alles schon, einschließlich der abgestandenen in geradebrechtem Deutsch dargebotenen Witzchen. Er betrachtete deshalb gelangweilt die Landschaft und die Mitfahrenden. Da meinte er, ein bekanntes Gesicht zu sehen. Ein braungebrannter Bursche seines Alters sah unverwandt lächelnd zu ihm herüber. Da fiel es ihm wie Schuppen von den Augen. Er stupste seine Frau an, „Cari, ich glaube, da ist ein gemeinsamer Bekannter mit auf der Tour. Siehst du den in Hawaii-Hemd und Bermuda-Jeans da drüben? Ist das nicht Rico Steinbach?"

„Natürlich!" rief Carina. „Das ist ja eine Überraschung, ich geh gleich mal hin. Na los, komm mit, Tris."

Sie drängelten sich durch die anderen und begrüßten ihren Bekannten überschwänglich.

„Da haben wir uns so lange nicht gesehen - seit der Schule und das ist nun auch schon wieder zwanzig Jahre her - und ausgerechnet hier, fern der Heimat treffen wir uns wieder. Wo hast du denn die ganzen Jahre gesteckt? In welchem Hotel bist du denn untergebracht? Bist du allein hier?" sprudelte es aus Carina heraus.

„Ich hätte auch nicht gedacht, euch ausgerechnet hier in Andalusien wiederzusehen. Aber hier trifft sich ja halb Deutschland; warum nicht auch wir? Ich wohne übrigens im Playa Garden und zwar allein. Frisch geschieden - ihr versteht? Vielleicht können wir zusammen in einen Jeep fahren. Wir wechseln uns ohnehin beim Fahren ab und können dabei ein wenig plaudern."

„Na klar, das kriegen wir schon hin. Es gibt ja so viel zu erzählen."

Tristan war bei weitem nicht so euphorisch wie Carina. Ihn schien das unerwartete Wiedersehen überhaupt nicht sonderlich zu begeistern. Er wurde noch schweigsamer und begnügte sich damit, gelegentlich zustimmend zu nicken oder zu brummen.

Endlich war der Oberchauffeur mit seinen Erläuterungen fertig und die Ausflügler verteilten sich mehr oder weniger wunschgemäß auf die Fahrzeuge. Neben

Carina, Tristan und Rico war noch ein junger Mann in ihren Jeep. Er hatte kurz „Ich bin Norman" gemurmelt und sich gleich als erster hinter das Lenkrad gezwängt. Nun ging es abseits der Straße auf einem schmalen Schotterweg steil hinauf in die Berge. Obwohl die Insassen kräftig durchgeschüttelt wurden und sich krampfhaft an den Griffen festhalten mussten, um nicht aus dem Auto zu fallen, plauderte Carina nahezu unentwegt mit Rico. Der saß neben dem Fahrer und sie musste sich, um wenigstens eine Minimalverständigung zu erreichen, weit nach vorn beugen. Sie stieß deshalb gelegentlich mit dem Kopf an den Überrollbügel, aber das schien ihr nichts auszumachen.

Tristan bereute inzwischen, an diesen organisierten Ausflug teilgenommen zu haben. ‚So eine Fahrt mit dem Jeep im Gelände macht doch nur Spaß, wenn man selbst fährt, ' dachte er. ‚Ich hätte uns lieber einen für uns allein mieten sollen und wir wären mit einer guten Karte auf eigene Faust durch das Areal geprescht. Hier müssen wir uns zu viert ein Lenkrad teilen.' Außerdem wäre ihm das Wiedersehen mit Rico wahrscheinlich erspart geblieben. Denn er erinnerte sich mit zwiespältigen Gefühlen an ihre gemeinsame Schulzeit.

Die lag nun tatsächlich schon fast zwanzig Jahre hinter ihnen und hatte allerdings nur wenige Jahre gedauert. Erst in der neunten Klasse war er in die Sternberger Schule gekommen, nachdem sein Vater in diese Stadt versetzt worden war. Von seinen neuen Mitschülern gefiel ihm besonders Carina. Sie und Rico waren schon seit Jahren ein festes Paar, wie Tristan sehr bald erfahren konnte. Rico war begeisterter Wasserballer. Seine Mannschaft litt permanent unter Aufstellungssorgen für die Punktspiele, selten war sie komplett. Er hatte Tristan überzeugt, „Du kannst doch schwimmen?", sich in dieser Sportart zu versuchen und die Mannschaft zu verstärken. Obwohl diesem die unerwartete Härte, vor allem unter der Wasseroberfläche, überhaupt nicht gefiel, hatte er tapfer Training und Wettkämpfe durchgestanden. Unter den wenigen Zuschauern war immer Carina. Aus dem diffusen Schwärmen wurde nach und nach eine erste zarte Liebe und große Verzweiflung. Tristan war hin und her gerissen - wie konnte er Carina für sich gewinnen ohne sie Rico „auszuspannen", das gab es unter

Freunden nicht. Da kam ihm sehr entgegen, dass Rico im letzten Schuljahr längere Zeit nicht zur Schule kommen konnte: eine Blinddarm-Entzündung machte Komplikationen. Ein längerer Klinikaufenthalt und anschließend eine Kur hielten ihn für Monate von der Schule und vor allem von Carina fern. Tristan nahm das als Wink des Schicksals und „kämpfte" um seine Angebetete. Bald schon merkte er, dass seine Bemühungen nicht aussichtslos bleiben müssten. Damit schwanden dann doch seine letzten Skrupel gegenüber Rico. Als der schließlich eines Tages wieder auskuriert war und in die Schule hätte kommen können, war Prüfungszeit. Man entschied, dass er nicht mehr zur Prüfung zugelassen würde und das letzte Schuljahr wiederholen solle.

Tristan versuchte nun mit allerlei Tricks und Notlügen das Pärchen auseinander zu halten und bei Carina den Eindruck zu erwecken und zu vertiefen, dass sich Rico nichts mehr aus ihr mache. Er wundert sich heut noch darüber, dass die beiden sein Spiel anscheinend nicht durchschauten. Einmal hatte er ein Treffen arrangiert, dann jeden woanders hingeschickt und war schließlich „zufällig" bei der vergeblich auf Rico wartenden Carina aufgekreuzt. Die hatte sich dann sicher nicht nur aus Enttäuschung über die vermeintlich verschmähte Liebe nach anfänglichen Skrupeln endgültig mit dem „Notnagel" Tristan eingelassen.

Sie waren dann an derselben Uni immatrikuliert worden, hatten in derselben WG gewohnt und schließlich geheiratet. Carina schien Rico vergessen zu haben, es war bei den beiden vielleicht doch nur eine eher schwärmerische Jugendliebe gewesen. Tristan jedenfalls schob die unliebsamen Erinnerungen an seine unfaire Attacke beiseite.

Als die Autos eine inzwischen verfallene Silbermine erreicht hatten, war die erste Pause fällig. Die Insassen kletterten aus den Fahrzeugen und vertraten sich die Beine. Sie untersuchten die Ruinen der alten Anlagen und riskierten einen Blick in die Reste halbverschütteter Stollen. Anschließend wechselten die Fahrer und weiter ging die Fahrt über Stock und Stein. Nun fuhr Rico ihr Auto. Da er

44

sich voll auf das Fahren im unwegsamen Gelände konzentrieren musste, war mit ihm nicht zu reden.

Später, die Sonne stand fast im Zenit, der Lärm und der von den Fahrzeugen aufgewirbelte Staub hatten Fahrer und Passagiere mürbe gemacht, stoppte der Konvoi für einen längeren Halt an einer einsamen Bucht. Die Autos wurden gerade noch in Reih´ und Glied geparkt und dann stürzten sich alle in die Fluten. Nie schien ihnen das warme Wasser des Mittelmeers erfrischender als nach den letzten Stunden im offenen Auto. Nach dem Schwimmen hielten einige Siesta im Schatten der Autos, andere vertilgten vorsorglich mitgenommenen Proviant und die drei vom Wagen Nr. 4, Norman schlief schon im schmalen Schatten eines Felsens, frischten Erinnerungen auf. Rico berichtete beiläufig, dass er seit Jahren in Norwegen lebt.

„Du wirst sicher noch wissen, dass ich mir früher nichts aus „Weibern" gemacht habe. Ich wollte lieber richtige Abenteuer erleben. Aber hast du nicht gesehen, hat es mich eines Tages doch erwischt. Ich war eben naiv. Aber der Traum von der großen Liebe und trautem Heim – der war verdammt kurz. Nach der Scheidung wollte ich endlich weit weg, am liebsten auf eine Bohrinsel; wegen der Einsamkeit und des Geldes natürlich. Aber das war auch nichts. Statt Öl zu fördern verkaufe ich jetzt welches. Ich habe eine Tankstelle in Gudwangen. Wann immer ich kann, komme ich aber gern in den Süden, Sonne tanken, " erzählte er.

Misstrauisch bemerkte Tristan, dass die beiden auch über Ereignisse und Sachen redeten, die er noch nicht kannte. Die mussten geschehen sein, ehe er nach Sternberg gekommen war. Um diesen Disput abzubrechen, lenkte er das Gespräch auf seine Kinder und fragte nach, wie es Rico seither ergangen war. Vor allem dessen gescheiterte Ehen schienen ihn brennend zu interessieren, so sehr, dass ihm Carina missbilligende Blicke zuwarf.

Auf der nächsten Etappe fuhr Tristan den Jeep. Die Wortfetzen und das Lachen, die durch den Lärm des Motors und der mahlenden Reifen von den hinteren Sitzen zu ihm drangen, verleideten ihm allerdings etwas den Spaß daran.

Bevor sie nach der Tour auseinander liefen und in ihre Hotels strebten, verabredeten sie sich noch für denselben Abend in einer der gemütlichen Tavernen an der Strandpromenade. Schließlich gab es nach den vielen Jahren noch so viel mehr zu erzählen.

Als Rico außer Hörweite war, beklagte sich Carina bei ihrem Mann: „Du hast dich wohl gar nicht gefreut, nach so langer Zeit und völlig überraschend Rico wieder zu treffen?"

„Natürlich. Wie kommst du denn darauf?"

„Du warst den ganzen Tag über irgendwie komisch. Ich fand es toll. Rico hat sich gar nicht verändert. Schade, dass er so ein Pech mit seinen Frauen gehabt hat...."

„Na ja, ein bisschen älter ist er schon geworden, " warf Tristan ein. „Außerdem wird es wohl nicht nur an den Frauen gelegen haben; vielleicht ist er nicht geeignet für eine dauerhafte Beziehung. Aber was sage ich dir, du kennst ihn ja länger und vielleicht auch besser als ich."

Carina sah Tristan lange schweigend an. „Du bist doch nicht etwa eifersüchtig?", fragte sie schließlich. „Dazu hast gerade du doch wohl keinen Grund."

„Ich weiß nicht", warf Tristan zaghaft ein, „schließlich bist du doch einmal mit ihm zusammen gewesen."

Da musste Carina lachen. Sie schlang die Arme um seinen Hals und sagte kichernd: „Du bist ein Dummkopf, Tris. Das ist doch schon ewig her. Und wir waren so jung. Schließlich habe ich doch dich geheiratet. Rico war damals schon und zwar nur ein prima Kumpel, ein richtiger Freund eben. Ans Heiraten hatten wir nie gedacht. Rico hatte schon immer große Zukunftspläne und wollte sich wegen der Mädchen auf keinen Fall einschränken."

„Aber ihr seid doch..., ich habe doch...," wollte Tristan einwenden, doch sie ließ ihn nicht ausreden. „Ich habe schon gespürt, dass du nie darüber reden wolltest und dir dein kleines Geheimnis gelassen. Hast du wirklich gedacht, ich habe damals nichts gemerkt von deinen Tricks? Ich fand das so süß, wie du dich abgestrampelt hast, weil ich dich doch auch wollte. Irgendwann fand ich es doch langweilig, mit Rico nur zum Sport oder so zu gehen. Mittlerweile war auch keine von den Mädels aus der Klasse mehr neidisch auf meinen tollen Freund – wir galten nicht nur bei dir als fast altes Ehepaar." Carina lachte kurz auf, als sie sich an diese Episode erinnerte. „Als du dann kamst und ich merkte, dass wir beide möglicherweise…. Da war das mit Rico vorbei. Immerhin hat er uns unbewusst sogar geholfen indem er dafür sorgte, dass wir so oft zusammen waren."

Tristan durchfuhr eine Welle widerstreitender Gefühle: jahrelang hatte er sein schlechtes Gewissen verdrängt und nun stellte sich heraus, dass er dazu gar keinen Grund gehabt hätte. Er schalt sich einen Trottel und war wieder einmal überwältigt von seiner Carina.

Es wurde ein fantastischer Abend zu dritt. Sie waren ausgelassen wie Primaner in der Eisdiele und verbrachten den Rest der Urlaubstage zusammen.

Der Junior

Kapitel 1 Die Panne

Lautes Poltern und metallisches Scheppern übertönten plötzlich das träge Gesumse, das die mäßige Geschäftigkeit eines sonnigen Vormittags auf der Gellertstraße begleitete. Augenblicklich trat unnatürliche Ruhe ein: die Spatzen in den Bäumen verstummten und die Fußgänger schienen den Atem angehalten zu haben. Selbst die Autos waren leiser als noch eben. Umso deutlicher war nun das Quietschen alter schmaler Reifen auf dem holprigen Kopfsteinpflaster zu vernehmen. Der Fahrer eines fabrikneu aussehenden Adler Trumpf Junior von 1935, dem sein Alter von über 60 Jahren Dank perfekter Restaurierung nicht anzusehen war, bemühte sich angestrengt, sein Auto unverzüglich zum Stehen zu bringen. Das Fahrzeug, ein helles Kabriolett mit offenem Verdeck, hatte etwas verloren. Es war aus dem Motorraum auf die Straße gefallen, einige Meter laut polternd hinter dem Auto hergehüpft und lag nun im Rinnstein. Der Chauffeur wand sich behände aus dem endlich still stehenden Wagen und eilte, das verloren gegangene Teil aufzuheben. Einige Leute waren stehen geblieben und beobachteten sein Treiben. Einerseits bestaunten sie den schönen Wagen, der zudem mit Blumen geschmückt war, andererseits hatten sie Mitleid mit dem Fahrer, dass ihm gerade hier, vor allem Leuten dieses Missgeschick passiert war. Vor allem aber waren sie neugierig, was denn nun geschehen würde. So konnten sie beobachten, wie der Fahrer darauf bedacht war, sich bei dieser Aktion nicht zu beschmutzen. Denn er trug einen eleganten dunklen Anzug, weißes Hemd und silberne Krawatte - ein Aufzug, der so gar nicht zum Erscheinungsbild des Oldtimers passte.

Gisbert Kowalowski sah überhaupt nicht wie ein passionierter Oldtimer-Lenker aus: sein unscheinbares Äußere drückte weder die langweilige Distinguiertheit alternder Herrenfahrer, noch die derbe Urwüchsigkeit unermüdlicher Selberschrauber aus. Zum Zeitpunkt des Geschehens ist er 37 Jahre alt, von mittelgroßer Statur und etwas untersetzt. Die glatten aschblonden Haare sind dünn und lassen eine hohe Stirn frei. Sein rundes Gesicht wirkt leicht aufgedunsen. Unter der Stirnglatze und den dünnen hellen Brauen sehen grün-graue Augen mit einem meist etwas abwesenden Blick in die Welt. Eine kleine gerade Nase und die zu schmalen Strichen zusammengekniffene Lippen vermögen kaum, Aufmerksamkeit zu erregen. Helle Haut und schmale Hände wie auch ein Bauchansatz weisen ihn eher als Büromenschen denn als Automechaniker aus.

Gewöhnlich steckt Gisbert Kowalowski, wenn er mit seinem Adler fährt, in einem ölverschmierten Overall, sitzt auf einem sorgfältig ausgebreiteten Sitzschoner aus Kunstleder und macht eine Probefahrt. Seltener und nur am Wochenende schlüpft er in eine zeit- und stilgerechte Montur: Lederjacke, Handschuhe, Cabriokappe und -brille. Dann genießt er es, natürlich immer nur bei schönem Wetter, über die Serpentinen der nahen Berge zu fahren. Gelegentlich sitzen auch seine Frau oder Freunde mit im Auto, am liebsten ist er jedoch allein unterwegs. Gerade weil die betagte Technik seines Gefährts nicht immer zuverlässig funktioniert. Auch wenn sich der Spott seiner Mitfahrer in Anerkennung seiner unendlichen Mühen, die Fahrtüchtigkeit seines Oldtimers zu erhalten, in Grenzen hält, ist eine Panne unterwegs immer ein Ärgernis. Das nimmt er, wenn es sich schon nicht vermeiden lässt, doch lieber ohne mitleidige oder gar schadenfrohe Zuschauer in Kauf.

Nun hat es ihn also mitten in der Stadt erwischt.

Beim Aussteigen aus dem Auto, dessen Motor unverdrossen weiter tuckerte, hatte sich Gisbert einen Lappen unter seinem Sitz hervorgeangelt. Damit fasste er das verlorene Teil und hob es auf. Während er einen ersten Blick darauf warf, fragte ein neugieriger Rentner voller Mitgefühl: "Ist es sehr kaputt? Schade um das schöne Auto. Mein Chef hatte früher auch so eins. Aber das ist schon lange her. Kann man das wieder reparieren?"

„Ist bloß die Lichtmaschine", meinte Gisbert. „Da ist eine Halterung abgebrochen. Das kriege ich schon wieder hin. Aber dass mir das gerade jetzt passieren muss... Ich hab's furchtbar eilig."

Nachdem er vorsichtig eine der beiden seitlichen Motorhauben geöffnet hatte, ohne den Blumenstrauß auf der Haube gar zu sehr in Mitleidenschaft zu ziehen, konnte er sich davon überzeugen, dass der Adler zunächst keine weiteren Schäden genommen hatte. Allerdings könnte der nun lose um die Riemenscheiben flatternde Keilriemen das bald nachholen. Außerdem würde selbst bei vorsichtiger Weiterfahrt der Motor stehen bleiben, sobald die Batterie leer ist. Und bis dahin wird es nicht lange dauern, da die verlorene Lichtmaschine nun nicht mehr für Ladestrom sorgen kann.

Gisbert verstaute die in den Lappen gehüllte Lichtmaschine vor den Beifahrersitz und setzte seine Fahrt fort. Ihm schossen alle möglichen Gedanken durch den Kopf. Wie wahrscheinlich ist es, auch mit dem angeschlagenen Adler alles pünktlich erledigen zu können? Was wäre, wenn die Batterie zum ungünstigsten Zeitpunkt ihren Geist aufgeben würde und das Auto stehen bliebe? Das konnte er nicht riskieren. Noch schlimmer wäre der kapitale Motorschaden, den die fehlende Kühlung zur Folge hätte. Schließlich wurde vom Keilriemen nicht nur die jetzt abhanden gekommene Lichtmaschine angetrieben, sondern auch die Pumpe für den Kühlwasserkreislauf und das Lüfterrad. Er musste sofort in seine Werkstatt!

Dort lag im Regal noch die alte leistungsschwache Lichtmaschine, die er erst kürzlich gegen ein neueres Exemplar ausgetauscht hatte. Die könnte er wieder einbauen.

Kapitel 2 Vor dem Fest

Während der Fahrt zu seiner Garage wurde Gisbert klar, dass er die Notreparatur keinesfalls rechtzeitig schaffen würde. Mit dem defekten Adler weiter zu fahren, war ausgeschlossen. Zu Hause angekommen blieb ihm also nur, den Blumenschmuck auf die Motorhaube seines biederen Variant zu drapieren und damit den Fahrdienst zu übernehmen.

Unterdessen wurde er am Rande der kleinen Stadt, wo die Straßen schmaler und die Grundstücke größer sind, die Häuser weniger dicht aneinander stehen und große Bäume in den Gärten für angenehmeres Klima sorgen, dringend erwartet. Im Buchenweg war von solcher Vorstadtidylle an diesem sonnigen Vormittag allerdings nicht viel zu spüren. Stoßstange an Stoßstange verstopften parkende Autos die enge Straße. Die Geräusche von zuschlagenden Autotüren, dezenter Musik und vorlauter Gesprächsfetzen erfüllten die Luft.

Hinter einem schmiedeeisernen Zaun schränken zwar meterhohe Rhododendren die Sicht auf das Haus ein, der gelbe Putz ist dennoch deutlich durch das kräftige Grün zu sehen. Das dunkelrote Dach trägt stolz mit ziselierten Holzbalken verzierte Gaupen und Türmchen aus Zinkblech. Die hohen Fenster sind mit dunkelgrünen Holzläden zu verschließen. Ein heute weit offenes breites Tor gibt den Blick auf einen Fahrweg aus Granitpflaster frei. Er führt am Haus vorbei zu einer Doppelgarage hinten im Garten. Ein großzügig überdachter seitlicher Hauseingang sorgt dafür, dass man in jeden Fall trockenen Fußes vom Auto ins Haus gelangen kann.

Ein weißes Partyzelt zwischen Garage und Seerosenteich deutet darauf hin, dass selbst das geräumige Haus von Dr. Heribert Kowalowski für die geplante Feier zu klein sein könnte. Der angesehene Arzt begeht seinen 70. Geburtstag. Er ist ein etwas beleibter älterer Herr mit Glatze und weißem Kinnbart. Jetzt bewegt er sich in seinem tadellos sitzenden Smoking, ein immer halbvolles Glas Champagner in der Hand, unter seinen Gästen, als wäre er darin zur Welt gekommen. Neben Freunden und Angehörigen der Familie, die im Haus teils aufgeregt durcheinander wirbeln, teils plaudernd im Garten herumstehen, sind nicht nur etliche Kollegen und Mitarbeiter des ehemaligen Ärztlichen Direktors des Kreiskrankenhauses der Einladung gefolgt, auch zahlreiche Honoratioren der Stadt und einige prominente Patienten sind unter den Gästen.

Regine Kowalowski-Weyhe, die Frau des Jubilars, im für diese vormittägige Stunde etwas unpassenden Cocktailkleid ist einem hysterischen Anfall nahe weil sie wegen der Unpünktlichkeit ihres taugenichtigen Sohnes den für sie so wichtigen kleinen Empfang beim Bürgermeister in Gefahr sieht. Denn alle warten auf Gisbert, den jüngsten Sohn des Jubilars, der mit seinen Eltern im offenen

Oldtimer den Korso zum Rathaus anführen soll und längst da sein müsste.

Sie lamentiert mit dem älteren Sohn, Dr. Hubert Kowalowski über die neuerliche Unzuverlässigkeit des jüngeren. Dabei betont sie, wie sie sich aufopferungsvoll um den Arzthaushalt und die Erziehung der beiden Jungen gekümmert habe und dennoch von Gisbert nur Undank ernte. Wenn er wenigstens auch Arzt oder Anwalt geworden wäre, aber dazu hat es trotz all ihrer Mühe nicht gereicht. Sie erwähnte nicht, dass sie sich damals als junge Laborassistentin den zwölf Jahre älteren Assistenzarzt in erster Linie deshalb an den Hals geworfen hatte, um gesellschaftlich aufzusteigen. Hubert kannte das alles schon und hörte nur mit einem Ohr hin. Er betrachtete viel lieber anerkennend und mit unterschwelligem Begehren seine Schwägerin Claudia und dachte an frühere Zeiten. Damals hatten sie sich sehr nahe gestanden. Die Frau von Gisbert, die in die Auseinandersetzung platzte, verteidigt ihren Mann wieder einmal gegen die unsachlichen Vorwürfe der Schwiegermutter.

In allerletzter Minute entschließt man sich, auf die Fahrt im offenen Auto zu verzichten und stattdessen mit den Alltagsautos zum Rathaus zu fahren. Regine bleibt so wenigstens die Genugtuung, die Spitze des Konvois im zwar geschlossenen aber großen und eher standesgemäßen Mercedes von Hubert zu bilden. Als Gisbert mit dem notdürftig aufgeputzten Passat anstelle des offenen Adler endlich am Haus seiner Eltern ankommt, ist dieses verlassen und leer. So schnell er es den Blumen auf der Motorhaube zumuten kann, eilt er allein zum Rathaus. Dort stört er durch sein Zuspätkommen lediglich die Rede des Bürgermeisters. Die Fortsetzung der Feierlichkeit beim festlichen Essen im natürlich besten Restaurant der Stadt kann er nicht so recht genießen. Nicht nur die Sorge um sein defektes Cabrio bedrückt ihn, er sieht sich weiteren heftigen Vorhaltungen seitens seiner Mutter und dem Spott seines Bruders ausgesetzt. Sein Vater nimmt die Angelegenheit sehr gelassen und die Gäste schenken ihm und seinem Missgeschick gar keine Beachtung.

Kapitel 3 Eine Rivalin

Der Ärger über die misslungene Präsentation seines geliebten Oldtimers sitzt tief in Gisbert Kowalowski. Zu allem Überdruss bahnt sich auch noch beruflicher Ärger an. Die Funktion als Leiter des Pflegedienstes im Krankenhaus hatte er weniger wegen seiner Fähigkeiten und einiger Semester Medizin als durch Einflussnahme seines Vaters, des damaligen Direktors, bekommen. Seine Entscheidungsschwäche zeigt sich allwöchentlich beim Aufstellen und anschließendem obligatorischen Ändern der Dienstpläne, wenn er naturgemäß nicht alle Extrawünsche der Schwestern und Pfleger berücksichtigen kann. Dies und den Neid seiner Kolleginnen nutzt Oberschwester Beate schonungslos aus. Sie versucht mit allen Mitteln, weg von der Station und an Gisberts Stelle in die Verwaltung zu kommen. Dafür muss sie nicht nur seine ohnehin schwache Autorität untergraben, sondern auch den Verwaltungsleiter und die Chefärzte für ihren Plan gewinnen. Zunächst ermuntert sie ihre Kolleginnen, sich von Kowalowski nicht alles gefallen zu lassen. Vor allem sollten sie schon im Interesse ihrer Familien oder Partner gehörigen Einfluss auf die Dienstplangestaltung nehmen. Die leitenden Ärzte versuchte sie für sich einzunehmen, indem sie sich zum Zuträger von allerlei Geschwätz und dem Verbreiten von Gerüchten machte. Um noch mehr Trümpfe in die Hand zu bekommen zettelt sie sogar amouröse Intermezzi an; selbst wenn dafür die erhofften Erkenntlichkeiten im Dienst ausbleiben sollten, hätte sie nötigenfalls die eine oder andere kleine Erpressung parat. Gisbert hat von alledem nichts bemerkt und fällt nun aus allen Wolken, als der Verwaltungschef plötzlich sehr deutlich seine Arbeit kritisiert. Er fordert von ihm, endlich Ordnung in seinen weiß Gott kleinen Laden zu bringen. Es stünden noch andere fähige Mitarbeiter bereit, die seinen Job genauso gut oder besser ausfüllen könnten.

Kapitel 4 Ewiges Dreieck

Gisbert sucht verzweifelt einen Ausweg und weiß doch, dass er ihn nicht finden wird. Einerseits wäre er froh, könnte er sich wieder als Pfleger mehr den Patienten widmen und den lästigen Schreib- und Leitungskram anderen überlassen. Andererseits fürchtet er, einmal mehr als Versager und erneut gescheiterter kleiner Bruder dazustehen. Außerdem braucht er das Geld. Die Position ist zwar nicht üppig dotiert, aber für den Familienunterhalt ausreichend. Das Haus hatte er, natürlich wieder einmal mit Hilfe seines Vaters bei einer Zwangsversteigerung günstig erwerben können, die monatlichen Kosten sind trotzdem nicht unerheblich. Sein großes Hobby, der Adler Junior, und die gelegentlich ausufernden Wünsche seiner beiden Töchter stellen weitere beachtliche Posten im Budget dar. Außerdem ist da noch die unterschwellige Angst, seiner Frau Claudia, früher mit seinem erfolgreichen Bruder liiert, nicht das bieten zu können, was sie von Hubert vielleicht hätte bekommen können. Claudia kennt die Brüder schon seit der Schulzeit. Aus bescheidenen Verhältnissen stammend, war sie von den Kowalowski-Brüdern sehr angetan: die sahen gut aus, waren immer gut drauf und hatten die neusten Sachen wie Kofferradio, BMX-Räder und dergleichen. Besonders Hubert, der war nicht nur älter, auch lauter und lustiger als sein Bruder, galt ihre zunächst platonische Zuneigung. Der war der Schwarm vieler Mädchen und nutzte das auch gern aus. Gegen Ende der Schulzeit kamen sie sich dann wirklich näher, sehr nahe sogar. Die herrlichen Sommertage und –nächte nach dem Abitur erlebte Claudia im seligen Glückstaumel. Auch der smarte Hubert konnte sich den ersten großen Gefühlen nicht entziehen. Gisbert beließ es damals beim Toben mit Kumpels im Freibad und am Volleyballnetz; Mädchen waren ihm entweder zu albern oder zu anstrengend. Interessierte Blicke konnte man ja immerhin gelegentlich umherschmeißen.

Claudia blieb in der Stadt und wurde Azubi, also sie begann eine Lehre als Fachverkäuferin. Dr. Kowalowski hatte dafür Sorge getragen, dass sein Ältester aus medizinischen Gründen seiner Wehrpflicht nicht nachkommen und noch im Herbst sein Medizinstudium aufnehmen konnte. Der anfangs unerträgliche Trennungsschmerz schien Claudia das Herz zerreißen zu wollen. Huberts zunächst allwöchentliche Heimfahrten wurden allmählich seltener. Eines Tages erwartete ihn Claudia vergebens am Bahnhof. Als sie verstört zum Haus der Kowalowskis ging, konnte sie gerade noch sehen, wie ihr Hubert mit einer anderen aus dem Auto seiner Mutter stieg. Er hatte ihr weder gesagt, dass er nun, da seine Mutter ein neues Cabrio gebraucht hatte und er das alte aufbrauchen könne, nicht mehr mit dem Zug fahren müsse, noch dass er unter seinen Kommilitonen eine neue Liebe gefunden hätte. In ihrem Kummer vertraute sie sich dem bisher in Liebesdingen unbedarften Gisbert an. Schließlich vertiefte sich die Beziehung, Claudia lernte Gisbert schätzen und entwickelte echte herzliche Gefühle für ihn. Als sie schwanger war, heirateten sie.

Kapitel 5 Karriere

Gisbert brach nicht deshalb sein Medizinstudium ab, sondern weil er den Hürden des Physikums nicht gewachsen war. Er wurde Krankenpfleger. Claudia arbeitete nun in einem Reisebüro der Stadt. Als ihr zweites Kind unterwegs war, lamentierte zwar Gisberts Mutter wegen dieser absolut unnötigen Anschaffung aber sein Vater half ihm beim Erwerb eines kleinen Hauses am Stadtrand, wo die Mädchen nicht nur eigene Kinderzimmer haben würden, sondern auch Platz zum Spielen im Grünen am Haus. Da Gisbert jede Veränderung in seinem Leben äußerst missmutig gegenüberstand und am liebsten seine Ruhe hatte, gewöhnte er sich schnell an das nun folgende, doch recht eintönige Leben und war zufrieden. Claudia hatte ihre Abwechslung im Geschäft und dachte gelegentlich wehmütig an die exotischen Ziele, wohin sie gelegentlich Reisen verkaufte und die sie sich wohl nie würde leisten können. Gerade als Gisbert seine Liebe zu alten Autos entdeckt hatte, insbesondere zu einen stark reparatur- und restaurierungsbedürftigen Adler Trumpf,

Baujahr 1935, den ihm einer seiner dankbaren Patienten vermacht hatte, sorgte sein Vater auf Drängen seiner Mutter bei aller ordnungsgemäßen Stellen-Ausschreibung dafür, dass er die vakante Stelle als Leiter des Pflegedienstes im Krankenhaus bekam. Nun war es mit der Beschaulichkeit in seinem Leben vorbei. Beruflich mehr gefordert, die ungewohnte und ungeliebte Personalverantwortung in Verbindung mit bürokratischen Aufwänden brachte ihn manchmal zur Verzweiflung, wuchsen ihm auch die ungeahnten finanziellen und handwerklichen Probleme seiner Autobastelei über den Kopf. Dennoch wollte er von der Arbeit am Adler nicht mehr lassen. Er fand darin nicht nur Abwechslung und Entspannung, sondern erhoffte vor allem, zumindest damit seinen in technischen Dingen unbedarften Bruder ausstechen und allgemeine Anerkennung, wenn nicht gar Bewunderung erreichen zu können.

Kapitel 6 Töchter

Gisbert hat nach dem Rüffel des Verwaltungsleiters versucht, keine Zugeständnisse mehr hinsichtlich der Extrawünsche des Pflegepersonals zu machen. Erstaunt stellt er fest, dass er damit erfolgreich ist. Die Schwestern akzeptieren es klaglos und die Chefärzte sind auch zufrieden. Zufrieden lehnt er sich zurück. Dass er gleichzeitig die Aktivitäten der Oberschwester herausfordert, entgeht ihm abermals. Durch die Restaurierung seines Oldies hat er neue Freunde gefunden. Er fühlt sich wohl im Kreise der Schrauber und Bastler. Wo nun sein Alltag nicht weiter durch unerwartete Aufregungen gestört werden dürfte, kommt ein neues Problem auf ihn zu: seine ältere, sechzehnjährige Tochter ist eines Tages verschwunden. Nach Selbstvorwürfen und großen Aktionen der Familie und der Polizei stellt sich heraus, Conny ist bei einem Mann. Dieser Thomas Sellbach, 29 Jahre alt, geschieden, von Beruf Dachdecker, nun aber Verkäufer in einem Autohaus, lebt allein in einer komfortablen Mansardenwohnung mitten in der Stadt. Die beiden haben sich in einer Disko kennengelernt und sind seit einigen Wochen mehr als nur befreundet. Die Eltern haben dies bisher nicht bemerkt und Carola , die 14jährige Schwester, hatte das Geheimnis für sich behalten. Claudia macht sich und Gisbert heftige Vorwürfe, weil sie sich nicht genug um die beiden Mädchen gekümmert haben - sie selbst käme immer zu spät nach Hause und Gisbert habe nur sein Auto im Kopf. Gisbert geht zu den beiden in die Wohnung und redet mit ihnen; er versucht zu retten, was zu retten ist. Er erreicht aber nur, dass Conny verspricht, wenigstens wieder zur Schule gehen und bis zum Abschluss aushalten zu wollen. Ins Elternhaus will sie zunächst auf keinen Fall zurück, eher haut sie ganz ab.

Kapitel 7 In der Garage

Von der Angelegenheit mit Conny noch mitgenommen sieht sich Gisbert im Krankenhaus nun doch noch massiven Problemen gegenüber. Zufrieden mit den Erfolgen seiner Überredungskünste hatte er den Sonderurlaub einer Schwester auf der Intensivstation nicht berücksichtigt. Nun war eine Schicht nicht ausreichend besetzt. Der Oberarzt tobte und Gisbert sah nur den Ausweg, er konnte die Schicht schließlich nicht selbst machen, die Oberschwester kurzfristig dafür einzusetzen. Diese willigte ein, konnte sie doch umgehend dafür sorgen, dass sich die Sache herumsprach und aufgebauscht wurde. Wieder eine Gelegenheit, im Hause zulästern, dass selbst als Protegé seines Vaters, des ehemaligen Chefarztes, die Unfähigkeit des Pflegedienstleiters unübersehbar sei. Der Verwaltungsleiter drohte mit Abmahnung und Einberufung des Personalrats. Schwester Beate sagte Gisbert ins Gesicht, dass sie nun alles in ihrer Macht stehende tun würde, um an seiner Stelle den Pflegedienst zu leiten. Nun erst erkannte er, was ihm von Seiten der Oberschwester drohte.

Als er an diesem Tage ziemlich mitgenommen spät abends nach Hause kam, stand das Auto seines Bruders im Hof. Dem wollte er gerade heute nicht begegnen. Also ging er gleich in die Garage, um zu sehen, ob die inzwischen von einem Schrauber-Freund angeschweißte Lasche an der verlorenen Lichtmaschine irgendwie anpassen könne. Als er das Tor öffnete bemerkte er zunächst erstaunt, dass das Licht brannte. Schockiert erkannte er, dass sich sein Bruder in seinem Oldtimer zu schaffen machte. Misstrauisch und empört trat er näher und musste sehen, dass Hubert nicht allein war. Mit ihm in seinem geliebten Adler war Claudia und die beiden hatten offensichtlich Sex miteinander. Als sie Gisbert bemerkt hatten stoben sie auseinander. Claudia raffte ihre Sachen und rannte aus der Garage, Hubert ordnete aufreizend langsam seine Kleidung und verhöhnte dabei Gisbert. „Na Brüderchen, nun sind deine beiden Lieblinge endlich mal richtig 'rangenommen worden. Du machst ja wohl immer nur halbe Sachen." Gisbert griff wutentbrannt nach einem herumliegenden Werkzeug und schleuderte es auf seinen Bruder. Der wich aus und der Kotflügel des Adler bekam eine hässliche Beule.

Kapitel 8 Verzweiflung

Das ernüchterte Gisbert. In ohnmächtiger Wut rannte er davon. Dabei versetzte er Huberts Mercedes einen Fußtritt und verließ in Panik sein Haus. Während er stundenlang durch die Stadt und den Stadtpark irrte, marterten ihn schreckliche Gedanken. Obwohl er Claudia liebt und ihr grenzenlos vertraute, bestand nun doch die Möglichkeit, dass sie noch immer seinen Bruder liebt. Womöglich war das die ganzen Jahre schon so und er hat nur nichts bemerkt. Verschiedene Einzelheiten, Gespräche und Episoden, die das beweisen würden, rasten durch seinen Kopf. Aber er erinnerte sich auch an Gelegenheiten, die voller Liebe, Leidenschaft, Vertrauen und Fürsorge waren. Aber er hatte die beiden doch gerade überrascht! In eindeutiger Situation! In seiner Wut steigert sich Gisbert in wildeste Rachepläne.

Bisher hatte Claudia immer auf seiner Seite gestanden. Nur von ihr als einzige in der Familie musste sich Hubert ungeschminkt die Wahrheit anhören, wenn sie Gisbert gegen seine Überheblichkeit und Sticheleien verteidigte. Bald jedoch schlägt seine Wut in Verzweiflung um. Er muss unbedingt mit Claudia reden. Aber er kann sie jetzt nicht sehen. Außerdem könnte ja Hubert noch dort sein und er würde sie möglicherweise ein zweites Mal überraschen. Unerträglich! Die Rachegelüste machen Selbstmordgedanken Platz. Durch sein sonst so ausgeprägtes an Phlegma grenzendes Harmoniebedürfnis von dieser sich seiner bemächtigenden so grenzenlosen Verzweiflung überrascht, muss er etwas ungewöhnliches tun. Er geht in eine Vorstadtkneipe und betrinkt sich. Während er vergeblich versucht, seinen Kummer zu ersäufen, gerät er in Streit mit anderen Gästen und der Wirt wirft ihn auf die Straße.

Kapitel 9 Havarie

Durch die frische Luft etwas ernüchtert, erinnert sich Gisbert an seine Misere, den Grund für die sinnlose Sauferei. Zu Claudia kann er vorerst auf keinen Fall zurück. Auch zu seinen Eltern zu gehen, ist unmöglich. Als er an seinem Krankenhaus vorbeikommt, beschließt er, die Nacht dort zu verbringen. Durch einen Nebeneingang gelangt er in den Keller. Dort richtet er sich auf einem ausrangierten Krankenbett in einem Abstellraum sein Nachtlager ein. Am nächsten Tag holt er einige Sachen von zu Hause während seine Frau im Geschäft ist, nagelt das Garagentor zu und richtet sich für länger in dem zum Abstellraum umfunktionierten nicht mehr benötigten Bereitschaftsraum im Keller des Krankenhauses ein.

Eines Nachts wird er in seinem Zufluchtsort von lauten Geräuschen geweckt. Die Wassermassen der heftigen Regenfälle in den letzten Tagen kann ein verstopfter Düker, die dicke Rohrleitung unter den Fundamenten, nicht mehr fassen und nun steht der gesamte Keller unter Wasser. Lautes Brummen erinnert ihn daran, dass wegen nicht vorhersehbaren Verzögerungen bei Revisionsarbeiten an der Trafostation des Krankenhauses der alte Transformator im Keller vorübergehend in Betrieb genommen worden ist und nun von den steigenden Wassermassen bedroht wird. Gisbert weiß, dass die Energieversorgung zwar in jedem Fall durch die Notstromversorgung gesichert ist, er befürchtet aber auch, dass ein Kurzschluss im überfluteten Trafo katastrophale Folgen hätte. Er hetzt los ohne die eigene Gefahr zu beachten. Er alarmiert den ärztlichen und den technischen Bereitschaftsdienst. Die haben schon mit der Evakuierung einer Krankenstation zu tun. Ein umgestürzter Baum hat das Dach stark beschädigt; neben den Schäden durch das eindringende Wasser drohen Decken und Wände einzustürzen. Gisbert reißt die Sicherungen aus den Halterungen um den Trafo außer Betrieb zu nehmen. Damit springt das Notstromaggregat selbsttätig an. Dann rennt er in die zerstörte Station, scheucht zwei Techniker in den Keller, um die Elektroanlage um den absaufenden Transformator stromlos zu machen und das Wasser abzupumpen. Er selbst übernimmt die Organisation der Evakuierung der Patienten und erforderlicher Technik. Dafür und für weitere Katastrophenmaßnahmen hat er kaum Unterstützung, weil die zuständigen Leute, wie immer in solchen Fällen, entweder nicht greifbar, überfordert oder unfähig sind. Die Feuerwehr sucht derweil eine extrem gefährliche Havarie im städtischen Heizwerk zu verhindern.

Kapitel 10 Wieder daheim

Als schließlich gegen Morgen das Wasser abgepumpt, der umgestürzte Baum zerteilt und das kaputte Dach notdürftig abgedichtet sind, geht Gisbert völlig erschöpft nach Hause. Erst als er Claudia in der Küche sieht, erinnert er sich daran, dass er tagelang nicht daheim war und weshalb. Er nimmt sich vor, später darüber nachzudenken und fällt ohne ein Wort zu verlieren mit letzter Kraft ins Bett.

Am Abend wird er von seiner Tochter Carola geweckt, die ihn verstört fragt, was eigentlich los sei, wo er die letzten Tage war und warum Mutti in der Küche sitzt und heult. Nachdem er länger als nötig im Bad war, setzt er sich an den Tisch zu Claudia. Die berichtet ihm zuerst eilig davon, dass sie alle Anrufe abwimmelt und ihn schlafen gelassen hat, dass das Krankenhaus knapp einer

Katastrophe entgangen ist. Der Ärztliche Direktor und der Landrat wollen unbedingt mit ihm reden und es wäre ein großes Glück gewesen, dass er einen Trafo rechtzeitig abgeschaltet hätte. Als Gisbert beharrlich schwieg, sie nur einmal ansah, bat sie ihn schluchzend, wieder zurückzukommen. Und er solle ihr verzeihen, sie sei so unglücklich, dass es mit Hubert so weit gekommen sei. Der hatte sich über Gisberts alten Adler lustig gemacht und ihn unbedingt sehen wollen. In der Garage beschwor er dann die alten Zeiten und wäre unerwartet nett gewesen und sie wüsste selbst nicht, wieso es dann zu intimen Zärtlichkeiten gekommen wäre. Sie liebe nur ihn, Gisbert, brauche ihn und wolle Hubert nie, nie wieder sehen.

Nun hebt er die Augen und sieht in ihr verheultes Gesicht. Sie springt auf, schlingt ihre Arme um seinen Hals und drückt sich an ihn. Er spürt, dass sie sich nach seinem Verzeihen sehnt und ehrlich das Geschehene am liebsten ungeschehen machen würde. Gemeinsam zerstreuen sie Gisberts Zweifel, trösten und versöhnen sich unter Tränen.

Auch im Krankenhaus hat sich die Lage durch seinen selbstlosen erfolgreichen nächtlichen Einsatz verbessert. Die Zweifler und Nörgler sind verstummt oder ganz leise geworden. Oberschwester Beate gibt nun den Kampf um die höhere Leitungsfunktion hier auf, sie wird es an einem anderen Krankenhaus versuchen.

Tags darauf war auch Conny wieder da. Schluchzend erzählte sie, dass Thomas sie nur ausgenutzt hat, weil er gerade solo gewesen wäre und ohnedies Lust auf etwas Junges gehabt hätte. Er hat doch zum Schluss tatsächlich verkündet, dass nach dieser belanglosen Episode mit Conny, die zunächst von der ganz großen Liebe geträumt hatte, er sich nach wie vor eher zu reiferen Frauen hingezogen fühle.

Nur seine Mutter konnte Gisbert nicht überzeugen. Die blieb dabei, dass er als richtiger Akademiker noch ganz andere Heldentaten hätte vollbringen können. Wie Hubert zum Beispiel.

Das Garagentor und den Adler Trumpf muss Gisbert nun aber schleunigst reparieren, sonst ist der Sommer vorbei und er ist kaum gefahren mit dem Cabrio.

Kohl und Kohlen

Kleinstädte sind spießig. Das mag ein Vorurteil sein, aber ich habe bislang wenig gefunden, was es entkräften könnte. Außerdem ist es dort langweilig und kleinkariert; mit einem Wort: provinziell. Ich habe bei dieser Gelegenheit immer die Bilder von Carl Spitzweg vor Augen oder denke an die jämmerliche Gestalt des Diederich Heßling, wie sie Heinrich Mann so treffend im Untertan beschrieben hat. In der Befürchtung, die Realität könnte noch schlimmer sein, habe ich solche Orte gemieden, so gut es ging. Eines Tages jedoch musste ich länger als mir lieb war in so einem Städtchen verweilen.

Da meine Geschäfte dort nicht an einem Tage zu schaffen waren, sah ich mich gezwungen nicht nur die Nacht, sondern bis dahin auch noch einen voraussichtlich sterbenslangweiligen Abend in diesem Nest zu verbringen. Der späte Nachmittag, den untätig zu genießen mich der pünktliche Feierabend meiner potentiellen Kunden zwang, schien meine Bedenken zu untermauern: die Innenstadt verödete zusehends. Mit dem Schließen der Geschäfte und Behörden wich alles Leben daraus und zog sich vermutlich in die Einkaufstempel und Schlafsiedlungen am Stadtrand zurück. Dabei stand die Sonne an diesem warmen Tag im Mai noch hoch über dem Horizont. Ich trug mein Gepäck in ein kleines Hotel am Rande der altertümlichen Innenstadt und floh dann schleunigst wieder aus der tristen Unterkunft, um wenigstens und so lange wie möglich frische Luft haben zu können.

Es ist erstaunlich, wie still eine Stadt abends sein kann. Meinem Groll über den vergeudeten Abend begegnete ich mit der Aussicht auf einen völlig arbeitsfreien Tagesausklang. Den hatte ich mir schon längst einmal gönnen wollen, aber immer war etwas dazwischen gekommen. Ich zwang mich also zur Ruhe und versuchte, gelassen zu sein. Das kleinstädtische Flair an diesem stillen Vorabend machte mich vermutlich unerwartet sentimental, denn ich bemerkte beim Spazieren durch das menschen- und autoleere Stadtzentrum Kleinigkeiten, über die ich normalerweise hinwegsehe: interessante Fassaden, die eine oder andere Gedenktafel mit Erinnerungen an vermeintlich geschichtsträchtige Ereignisse und Honoratioren, Blumen in Kübeln und Kästen und sogar Vögel, die weder wie Tauben noch wie Spatzen aussahen. Offenen Fenstern entströmte Musik oder es quollen Wortfetzen aus den unsäglichen Fernseh-Talkshows heraus. In einer Toreinfahrt sah ich einen Jungen vor seinem halbzerlegten Moped sitzen und ratlos den fahruntüchtigen Torso beäugen. Ich merkte, wie die unerwartet aufgezwungene Untätigkeit mir gut zu tun begann.

In einem winzigen Park, der eigentlich nur aus ein paar mächtigen Linden und Kastanien um einen kleinen, jetzt verwaisten Spielplatz bestand, fand ich eine einladende hölzerne Bank, auf der ich meinen vom ungewohnten Laufen müden Füßen etwas Erholung verschaffen konnte. Nach einiger Zeit kam ein hagerer älterer Herr, grüßte freundlich und fragte, ob er sich neben mich setzen dürfe. Er hielt sich trotz seine hohen Alters sehr gerade, trug einen leichten hellen Anzug und selbstverständlich Hut und Krawatte. Ich hatte natürlich nichts dagegen. Bald kamen wir ins Gespräch und es stellte sich heraus, dass er hier in der Stadt wohnte. Bei schönem Wetter kommt er oft hierher und genießt meist auf eben dieser Bank den Abend. Gegenüber, genau im Blickfeld unserer Bank, hatte ich ein dunkelrot verputztes Haus bemerkt, an dem über den Fenstern der zweiten Etage in goldenen Lettern "Blumrich-Haus" prangte. Ich fragte meinen Banknachbarn, ob er als Einheimischer nicht wisse, was das Besondere an diesem unscheinbaren Haus sei, das so eine protzige Beschriftung mit einem Allerweltsnamen rechtfertige. Nachdem er in meinem Gesicht geforscht hatte, ob mein Interesse daran wohl ernsthaft oder bloß höflich sei, sah er zum Haus hinüber und sein Blick bekam etwas Durchsichtiges.

Schließlich begann er: „Blumrich war der Eigentümer dieses Hauses, jetzt gehört es übrigens der Stadt, und hatte darin ein Geschäft «Lebensmittel und Kolonialwaren». Man kann jetzt noch erkennen, wo früher die Ladentür und die Schaufenster waren".

Ich wunderte mich: „Es ist doch an sich üblich, dass der Name des Geschäfts und nicht der des Hauseigentümers an der Wand steht."

„Wie Sie sehen, gibt es dort kein Geschäft mehr. Das mit dem Namen ist eine lange Geschichte", fuhr er fort. „Eigentlich begann alles damit, dass Georg Blumrich das Geschäft, das sein Vater 1893 eröffnet hatte, nach dessen Tod in den zwanziger Jahren als einziger Sohn übernehmen musste. Sonst hätte er das ganze Erbe ausschlagen müssen. So ist er ziemlich gegen seinen Willen selbständiger Kaufmann geworden."

Ich erinnerte mich an ein altes Foto, das ich einmal in irgendeiner Jubiläumsschrift gesehen hatte: da stand vor so einem Laden starr und steif die ganze Belegschaft. Vorn in der Mitte des Bildes der Ladenbesitzer, in gestreiftem Hemd und bis zu den Füßen reichender heller Schürze; unter würdevoll dreinblickenden Augen, ganz der Chef, und einer großen Nase ein riesiger Schnauzbart. Hinter ihm standen einerseits im altmodischen Kleid offensichtlich die Gattin des Kaufmanns und auf der anderen Seite in groben Kitteln zwei weitere Frauen, wahrscheinlich Verkäuferinnen. Ganz vorn konnte man zwei Kinder erkennen, sicher der hoffnungsvolle Nachwuchs der Geschäftsleute: das größere Mädchen artig und adrett herausgeputzt und ein kleinerer Junge mit schief sitzender Hose und heruntergerutschtem Strumpf, dem von großer Weite anzusehen war, dass er dieses unerträgliche Stillestehen kaum aushalten konnte. Nur die Neugier auf den damals nicht alltäglichen Fotoapparat milderte diese Tortur. So ähnlich könnte es früher vor diesem Haus auch ausgesehen haben.

Der alte Herr taute zusehends auf und verlor etwas von seinem steifen Gehabe. Während ich noch dieses alte Bild der Krämerfamilie vor Augen hatte erfuhr ich einiges von der Lebensgeschichte dieses kauzigen Herrn Blumrich. Weil der kleine Georg schon früh im Geschäft seines Vaters hatte helfen müssen und meist nur sehnsüchtig durch die Schaufensterscheiben zusehen konnte, wenn seine Altersgenossen auf der Strasse tobten, nutzte er jede Gelegenheit, aus dem Laden zu flüchten um eifrig und wohl auch erfolgreich in kürzester Zeit den Vorsprung seiner Kameraden aufzuholen, den diese bei Streichen und Spielen hatten. Die Hiebe und sonstigen Strafen, die er demzufolge des Öfteren von seinem strengen Vater bekam,

64

beeindruckten ihn nicht im geringsten - er nahm sie als unabänderlichen Bestandteil und Höhepunkt seiner Unternehmungen. Allerdings beschränkte er seine Aktivitäten strikt auf „außerhalb" - der Laden selbst war für seine Streiche tabu. Solche Kleinigkeiten wie Fensterscheiben-Einschmeißen waren zwar wegen der fast schon wissenschaftlichen Akribie, mit der die erfolgversprechende Größe von Steinen und Schneebällen, hier war außerdem noch die Festigkeit zu berücksichtigen, in Abhängigkeit von der Entfernung ermittelt werden musste, durchaus beachtlich aber genauso nichtige Bagatellen wie Obstklau, natürlich von Nachbars Bäumen, und Eisschollenfahren einschließlich unfreiwilligen Eisbadens im Flüsschen. Handfestere Probleme bekam er nachdem er den Verschluss eines Jauchefasses untersucht hatte. Dieses war auf einem Pferdefuhrwerk, das vor dem Laden stand während der Kutscher drinnen seine Kautabak-Vorräte auffrischte. Georg untersuchte den Auslaufhahn so lange, bis er ihn aufkriegte. Natürlich war das Fass voll und die Pferde zogen an, als sie das bekannte Geräusch ausfließender Gülle hörten. Trotz leider nur mäßig angezogener Bremse legten sie etliche Meter zurück ehe der Kutscher aus dem Laden gerannt kam, flugs den Hahn schloss und die Fuhre zum Stehen brachte. Nicht nur Georg hatte sich gründlich besudelt, auch der Kutscher hatte eine tüchtige Ladung abbekommen. Der größte Teil der ausgelaufenen Jauche schwamm allerdings auf der Straße. Ein mörderischer Gestank machte sich breit. Der Kutscher bekam als Entschädigung den Tabak gratis, Georg zunächst eine Tracht Prügel, die allerdings wegen des Gestankes und der verdreckten Kleidung vergleichsweise mild ausfiel, und anschließend Gelegenheit, die Straße zu säubern. Letzteres hielt ihn künftig davon ab, Fässer und Tonnen zu untersuchen.

Selbst als Lehrling und später Handelsgehilfe im väterlichen Geschäft war er seinem Vater mehr Plage als Hilfe. Fragt ein Kunde: „Was kostet das?", so meint Georg „Gar nichts."

„Wie bitte?"

„..., wenn es hier bleibt."

So etwas wirkte natürlich nur beschränkt verkaufsfördernd.

Aber er trieb nicht nur Schabernack mit den Kunden, er verdarb manches aus Unachtsamkeit und Desinteresse, sei es mit den Waren oder auch in den Büchern, und brachte seinen Vater oft genug an den Rand der Verzweiflung.

Die Sonne glitt groß und rot hinter das Dach eines alten Stadthauses. Nur die Blätter über uns konnten etwas länger mit den letzten Strahlen spielen. Es verstummten auch die letzten Sänger unter den Vögeln; ein Eichhörnchen flitzte den Stamm einer Linde empor. Das Holz der Bank wurde langsam unbequem hart, ich setzte mich deshalb anders, streckte die Beine aus und wandte mich dem Erzähler zu.

„Nachdem er dann unfreiwillig Ladenbesitzer geworden war, " fuhr dieser fort, „ machte er seine Streiche auf eigene Rechnung. Das begann damit, dass er die Öffnungszeiten nach Gutdünken änderte: wollte er morgens länger im Bett bleiben, konnten bei ihm nicht mehr früh beizeiten die frischen Zutaten für das Mittagessen gekauft werden. Er hielt den Laden lieber spät abends und nachts offen, wenn rechtschaffene Bürger im Bett liegen. Wie mag er es nur bewerkstelligt haben, dass Gärtner der Umgebung ihn dennoch mit frischem Gemüse belieferten?

Um Ladenhüter loszuwerden senkte er manchmal nicht den Preis, sondern erhöhte ihn auf astronomische Höhe und kurbelte den Verkauf mit den absonderlichsten Bezeichnungen an. Ranzige Butter wurde so zu Bantu-Creme („besonders zum Backen aber auch als Medizin für innere und äußere Anwendung geeignet") und alte Hühnereier brachte er als koreanische Fasaneneier unter die Leute. Krautköpfe pries er mit extremen Preisunterschieden als besonders geeignet für Suppe, Sauerkraut oder zum sofortigen Rohessen an, obwohl sie von derselben Sorte, ja sogar vom selben Feld waren."

„ Hat denn das keiner durchschaut? Wie hat er denn mit diesen Praktiken seinen Laden halten können?" entfuhr es mir bei solch abenteuerlichen Schilderungen.

„Natürlich ging das nicht lange gut. Ihm kam zwar zugute, dass er als frischgebackener Geschäftsmann, kaum dass die Trauerzeit vorbei war, die Tochter eines wohlhabenden und einflussreichen Fabrikanten geheiratet hatte. Dank einer erklecklichen Mitgift kannte er zwar keine finanziellen Sorgen, Ärger bekam er aber trotzdem. Neidische Konkurrenten und unzufriedene Kunden erreichten schließlich, dass die Behörden eine gründliche Prüfung seines Geschäftes und seiner Bücher ansträngten. Weil er sich dagegen sträubte und die Beamten mit allerlei Tricks und Ausflüchten hinhielt, wurde er schließlich mit Polizeigewalt abgeholt. Man hat nie erfahren, was sich dann auf dem Amt abgespielt hat. Es soll auch eine amtsärztliche Untersuchung gegeben haben. Jedenfalls ist Georg Blumrich schließlich die Konzession für seinen Laden entzogen worden. Das hat ihn aber nicht weiter erschüttert, obwohl er natürlich vor der Obrigkeit den reuigen Sünder spielte und mit Klage drohte - er wollte ja eigentlich den Laden nie haben."

Mein Erzähler machte eine Pause und wir sahen schweigend wieder zu dem roten Haus hinüber. Ich überlegte derweil, was eine offenbar gutsituierte junge Dame bewogen haben könnte, von einem wohlhabenden Elternhaus in die Arme eines kleinen Krämers und sicher stadtbekannten Hallodris zu eilen. Vielleicht war sie gar nicht mehr so jung gewesen oder hatte andere Nachteile - wahrscheinlicher schien mir allerdings nach dem bisher Gehörten, dass die „Fräuleins" durchaus nicht abgeneigt waren, sich über Standesgrenzen hinweg mit Georg, in der damaligen Zeit ein rechter Schwerenöter und Herzensbrecher, einzulassen.

Dann hörte ich den zweiten Teil der Geschichte. „Am nächsten Tage erschien Blumrich mit seiner jungen Frau wieder auf dem Amt und diese beantragte die Konzession für das Geschäft, die sie auch Dank des Einflusses ihres Vaters bald bekam. Blumrich selbst meldete sich bei dieser Gelegenheit als Kohlenhändler an, denn das Amt hatte den Gewerbeentzug dummerweise nur auf den Handel mit Lebensmitteln bezogen. Von einem Spediteur in der Stadt, der sich ein neues Lastauto angeschafft hatte, kaufte er billig zwei alte Gäule und stürzte sich mit Feuereifer in das neue Geschäft. Nun war er endlich nicht mehr an den engen Laden gefesselt."

Das nutze er zum Leidwesen seiner Mitbürger und zum Gaudi der Kinder weitgehend aus. Nachdem er mit großen Schildern an seinem Fuhrwerk für billige Braunkohle geworben und dabei eine unfeine Bemerkung zur braunen SA angefügt hatte, kam er in arge Bedrängnis und sollte schon an die Ostfront geschickt werden. Irgendwie hat er es aber wieder geschafft, mit Hinweis auf seine amtlich bestätigte Unfähigkeit, ein Lebensmittelgeschäft zu führen, diese Klippe zu umschiffen.

Wenig später, es war Hochsommer und keiner dachte an Kohlenkauf, stand er mit seinem verdreckten Fuhrwerk vor einer Schule. Nach Schulschluss lud er so viele Kinder, wie auf den Wagen Platz hatten, ein und fuhr mit ihnen zu einem etwas abseits liegenden Ausflugslokal. Dort spendierte er ihnen Limonade und sich selbst Bier und Korn. Anschließend brachte er die Kinder, die er während der Fahrt mit lustigen Liedern und lauten Peitschenknall erfreut hatte, wieder in die Stadt. Die Freude der aufgeregten Mütter über die späte Heimkehr der vermissten Kinder wich dem Entsetzen angesichts deren über und über mit Kohlenstaub verdreckter Kleidung. Und Blumrich hat sich köstlich amüsiert darüber.

Ich wurde nicht so recht klug aus meinem so erzählfreudigen Banknachbarn: einerseits berichtete er sichtlich amüsiert von den Eskapaden dieses Georg Blumrich, andererseits schwang eine gewisse Wehmut in seinen Berichten. Überhaupt fragte ich mich, woher er nur die vielen Details dieses Schicksals wusste? War das vielleicht auch wieder so eine typisch kleinstädtische Marotte, wo jeder jeden kennt und Klatsch ein beliebtes oder gar das einzige Vergnügen ist?

„Das ist ja alles ganz interessant und amüsant, " fragte ich ihn später, „aber wie ist dann der Name an das Haus gekommen?" Er schwieg eine kleine Weile. Schließlich fuhr er nach einem tiefen Seufzer fort.

„Eines Tages war vom Haus das Schild mit der Hausnummer abhanden gekommen. Sicher war das ein Ulk von Lausejungen, wie er selbst 'mal einer gewesen war, oder Kunden hatten sich einen Schabernack erlaubt. Das Schild jedenfalls blieb verschwunden und Blumrich hatte es nicht eilig, ein neues anzubringen. Schließlich beklagten sich die Stadt und wohl auch die Post. Er wurde aufgefordert, unverzüglich eine neue Hausnummer anzubringen. Das tat er natürlich nicht. Er machte den Behörden klar, dass sein Haus mit dem Laden so bekannt sei, es braucht keine Nummer - jeder kennt es, auch der Postbote. Überhaupt gefiele es ihm nicht, dass sein schönes Haus nur mit einer Nummer bezeichnet würde, überdies noch mit einer hässlichen und zu Verdrehungen neigenden. Selbstredend bestanden die Behörden auf einer neuen Nummerntafel und bestritten auch, dass jeder das Blumrich-Haus kennen würde. Weil Blumrich keine Gelegenheit ausließ, sich mit der Obrigkeit anzulegen, nahm er ein großes Brett, schrieb dick und fett „Blumrich-Haus" darauf und hing es an die Stelle, wo sich früher die Hausnummer befand. Er kam damit natürlich nicht durch, sondern musste später dann doch wieder eine Hausnummer anbringen."

Mittlerweile waren nun auch die Kronen der Bäume über uns von den allerletzten Sonnenstrahlen verlassen worden und der Abend begann, mit erfrischender Kühle die Wärme des Sonnentages zu vertreiben. Ich wunderte mich, wie ich so lange dem weitschweifigen Geschwätz eines Rentners hatte zuhören können. Aber nun wollte ich doch noch wissen, wie die goldenen Buchstaben an das Haus gekommen waren. Der alte Mann fing schon an zu frösteln, aber das Ende der Geschichte erfuhr ich noch.

Wie nicht anders zu erwarten hatte Blumrich rechtzeitig dafür gesorgt, dass die Behörden wie auch seine Familie über seinen Tod hinaus Probleme mit ihm hatten. Er hinterließ ein Testament, das den Erben mehr Frust als Lust bescherte. Alle Einzelheiten konnte oder wollte der Mann mir nicht sagen, jedenfalls müssen in diesem Testament hanebüchene Verfügungen und Klauseln gestanden haben. Da auch die Stadt und ein, zwei Wohlfahrtsgesellschaften mit nennenswerten Summen und Immobilien bedacht werden sollten, natürlich an obskure Bedingungen geknüpft, zog dies Erbauseinandersetzungen nach sich, die nur mit Hilfe des Gerichts geklärt werden konnten. Frau und Sohn erhielten zum Schluss nur ihr

Pflichtteil. Das Haus mit dem Laden bekam die Stadt. Die daran geknüpften Auflagen verpflichteten sie unter anderem, diese Inschrift anzubringen und das Haus weder zu verkaufen noch anderweitig zu veräußern oder gar abzureißen. Widrigenfalls würde es zurück an die Familie des Erblassers gehen.

Inzwischen war es ganz finster geworden. Gusseiserne Straßenlaternen warfen ihr mildes Licht an die Häuserfassaden und auf die leeren Straßen. Die Leuchte vor dem Haus, über das wir so lange gesprochen hatten, war so niedrig, dass die Schrift im Dunklen lag. Ich hätte nie gedacht, was sich so alles hinter den Fassaden und auf den Straßen biederer Kleinstädte abspielen kann. Das war gar nicht so langweilig wie befürchtet. Das Leben in meiner geliebten, unverzichtbaren Großstadt ist auch nur an der Oberfläche viel interessanter.

Ich hätte gern noch mehr über die junge Frau „aus gutem Hause" erfahren, aber mein gesprächiger Nachbar meinte plötzlich, dass es für ihn nun höchste Zeit zu gehen sei. „Entschuldigen Sie, falls ich Sie gelangweilt habe - manchmal geht es eben durch mit mir. Es ist doch auch ein schönes Haus, über das wir gesprochen haben. Wer weiß, vielleicht kriege ich es eines Tages zurück."

Nebel über Berlin

Auf Reisen ist man gelegentlich gezwungen, mit abenteuerlichen Flughafeneinrichtungen und –gebaren dortselbst Erfahrungen zu machen. Es sind nicht nur die sich oft verändernden absonderlichsten Sicherheitsvorschriften, sondern auch die kreative Umsetzung vor allem in südeuropäischen Ländern. Dazu kommt, dass die Abfertigungsgebäude den Ansturm der Flugreisenden, zumindest in der Urlaubszeit, nicht gewachsen sind. So beginnt die Flugreise in der Regel im Gewühl wartender Menschenmassen. Erst wenn der letzte Passagier nach unzählig vielen „letzten Aufrufen" platz genommen hat und das Flugzeug in die Startposition rollt, fällt die Anspannung und Zufriedenheit macht sich breit. Allerdings kann es auch dann noch zu aufregenden Situationen kommen. So auf meiner ersten Flugreise. Es war Anfang der 70er Jahre; meine Frau Sigrid wartete auf den Termin zur Verteidigung ihrer Diplomarbeit und ich hatte immerhin schon mein erstes Geld als Ingenieur verdient. Beides schien uns ein triftiger Grund, uns mit einer Reise in den sonnigen Süden zu verwöhnen.

Übergehen wir die Strapazen, die damals in der DDR auf sich zu nehmen waren, um eine Reise ans Schwarze Meer im wahrsten Sinne des Wortes zu erstehen. Überspringen wir auch das Einchecken und das Langweilen im Transitraum im ganz alten tristen Abfertigungsgebäude von Berlin Schönefeld. Bemerkenswert ist allenfalls noch, dass die Interflug-Bordkarten ohne Sitzplatz-Benennung ausgestellt worden waren. Das hatte natürlich zur Folge, dass die Fluggäste mit einschlägiger Erfahrung beim Einsteigen in den Vorfeldbus trödelten um dann als Erste aus dem Bus heraus und die Gangway hinauf zu stürmen und, wie im Linienbus, sich die vermeintlich besten Plätze im Flugzeug zu sichern.

Die Septembersonne hatte längst ihr Tagwerk vollbracht und sich zur Ruhe begeben, als wir dann endlich im Flugzeug saßen. Durch die kleinen Fenster betrachtet, funkelten die vielen bunten Lichter auf der Rollbahn und dem Vorfeld, an Fahrzeugen und aus Gebäuden besonders eindrucksvoll. Der Flug in den Morgen verlief nicht nur problemlos, sondern vor allem schneller als unsere Anreise zum Flugplatz. Die einzigen Höhepunkte waren die zahlreichen Lichtpunkte, die wir über dem Rand der Tragfläche erspähen konnten, als wir über Budapest und Russe flogen.

Am Goldstrand von Varna genossen wir herrliche Sonnentage und ein launisches Schwarzes Meer. Während wir einen Tag mit spiegelglatter See zu einem unerlaubten Ausflug mit dem Tragflächenboot "Raketa" nach Nesebar nutzten, zwangen anderentags meterhohe Wellen Besatzung und Passagiere eines Ausflugdampfers zu grotesken Manövern schon am Landungssteg.

Das eigentliche Abenteuer ereignete sich auf dem Rückflug. Weil unsere brave Tupolev im Morgengrauen startete, konnten wir nordwestwärts fliegend andauerndes Morgenrot genießen - faszinierende Farb- und Formenspiele eines leicht bewölkten Himmels. Im Flugzeug voller ausgeruhter, entspannter Urlauber herrschte Gelassenheit und etwas wehmütige Urlaubsabschiedstimmung. Das änderte sich aber, als wir in der Nähe von Prag spürbar an Höhe verloren.

Warum geht denn der jetzt schon runter? fragten wir uns. Da wird doch nichts kaputt sein? Nervosität machte sich unter einem Teil der Passagiere breit. Andere erfreuten sich unverdrossen der immer besser erkennbaren Details in der näher kommenden Landschaft unter uns.

In die entstehende Unruhe tönte die Souveränität vortäuschende Stimme des Flugkapitäns aus den Bordlautsprechern: „Über Berlin liegt dichter Nebel. Wir müssen deshalb in Dresden zwischenlanden. Bitte stellen Sie das Rauchen ein und legen Sie die Sicherheitsgurte an." Ein Blick aus dem Fenster auf den heiteren Himmel sagte uns jedoch, dass das doch gar nicht möglich sein kann. Da ist bestimmt etwas nicht in Ordnung, befürchteten wir. Hoffentlich stürzen wir nicht ab! Der da vorn will uns nur beruhigen; wer weiß, was wirklich los ist. Und gerade diesmal saßen wir beide im Gegensatz zum Hinflug weit entfernt von den Notausstiegen, was uns im Ernstfall allerdings ohnehin nichts genutzt hätte.

Während einigen Passagieren die nackte Angst die Urlaubsbräune aus den Gesichtern trieb, bedrängten andere die damals Stewardessen genannten Flugbegleiterinnen.

Aber nicht etwa wegen des unklaren Flugverhaltens der Crew, nein, sie wollten nicht einsehen, warum sie nicht in Dresden bleiben konnten, wenn sie schon einmal da sind.

Außer uns beiden waren nämlich alles Sachsen im Flugzeug und die verstanden natürlich nicht, warum sie nach der unverhofften Zwischenlandung per Flugzeug oder gar Eisenbahn noch nach Berlin zuckeln sollten, wo sie doch schon so gut wie zu Hause sein würden. Im Flugzeug konnte damals eine so schwerwiegende Entscheidung natürlich niemand fällen, immerhin hatten alle den Rückflug bis Berlin gebucht. Sigrid hatte dafür in dieser Situation gar kein Verständnis. Sie dachte nur: wenn wir bloß schon heil unten wären!

Jedenfalls schien letztendlich doch nichts defekt zu sein, denn der Co-Pilot legte in Dresden bei strahlendem Sonnenschein eine saubere Landung hin. Am Boden schließlich fand sich dann doch jemand, der den Dresdnern den unvorhergesehenen Reiseabbruch gestattete. Während die nun überglücklich, wegen der knapp entgangenen Flugzeugkatastrophe und der unerwartet schnellen Heimkehr, mit ihren Koffern heimwärts strebten, warteten wir beide zusammen mit zwei Magdeburgern, die in der gleichen Situation wie wir von einem Flieger aus Rumänien übrig geblieben waren, auf den letzten Rest der Reise.

Im Gegensatz zu Sigrid hatte ich überhaupt keine Lust, auf Kosten der Interflug mit der Reichsbahn nach Berlin zu fahren. Allerdings musste ich ihr zugestehen, zumindest nicht wieder in die vielleicht doch nicht ganz intakte TU 134 zu steigen. Inzwischen war noch eine IL 62 der Interflug aus Beirut gelandet. In den Transitraum ergoss sich eine weiße Wolke fließender Gewänder. Dunkle Augen blickten misstrauisch in die Runde. Die Orientalen waren auch auf dem Wege nach Schönefeld und wollten dann per Bus weiter nach West-Berlin. Sie trauten dem kommunistischen Frieden nach einer unerklärlichen Zwischenlandung wohl nicht so recht.

Dagegen trug diese Landung schon zu Sigrids Entspannung bei: wenn in so kurzer Zeit drei Maschinen unvorhergesehen auf dem verschlafenen und halbmilitärischen Provinzflugplatz landen, liegt es vielleicht doch am Wetter und nicht am Flugzeug, überlegte sie. Ein Aufruf aus den Lautsprechern scheuchte unsere Grübeleien weg und die Libanesen unnötig auf: wir vier Berlinreisenden aus Constanta und Varna sollten uns am Ausgang einfinden. Dort erwartete uns eine komplette Crew, mit der wir dann über das Vorfeld zu einer IL 18 liefen. Wir waren tatsächlich die einzigen Fluggäste. Kaum waren wir eingestiegen und hatten uns angeschnallt, wurde die Gangway weggerollt und die Turboprops starteten. Es hatte etwas sehr Beruhigendes, die sich erst langsam, dann immer schneller drehenden Propeller sehen zu können. Allerdings musste angesichts der heftig schwingenden Tragflächenenden schon das alte Physikwissen über Stabilität und Elastizität bemüht werden, um sich dennoch geborgen fühlen zu können. Das so oft schon vom Boden gehörte typische Turbo-Dröhnen nahm zu und langsam schob sich der silberne Vogel in die Startposition.

Wir wollten es nicht für möglich halten, tatsächlich verschwand bei Spremberg die Morgensonne hinter grauen Nebel- und Wolkenschwaden. Durch die Fenster war außer den fleißig rotierenden Propellern und wippenden Tragflächen nichts zu sehen. Urplötzlich tauchten in dem grauen Einerlei schemenhaft erste Häuschen und auch schon die Rollbahn von Schönefeld auf. Sanft touchierten die Reifen den Beton und beendeten damit die kurze Luftreise. Obwohl wir uns also unnötig geängstigt hatten und nun heimlich den Interflug-Leuten ob unseres Misstrauens Abbitte taten, waren wir doch zufrieden, wohlbehalten wieder festen Boden unter den Füßen zu haben und nicht gleich noch einmal in die Luft zu müssen.

Als dann ein dienstbeflissener Fahrer mit seinem Vorfeldbus erwartungsfroh an die Gangway gepprescht kam, konnten wir uns schon wieder über seine staunende Miene amüsieren. Er hatte wohl noch nie nur vier Fluggäste von einer großen Maschine abzuholen.

Der Stromrebell

Die schmale Dorfstraße wand sich an kleinen Häusern vorbei. Die Nachmittagssonne schien müde auf geputzte Vorgärten hinterm staubigen Straßenrand. Weil Eberhard Eisold das Haus eines Kunden suchte und nicht finden konnte, fragte er einige Männer, die sich an einem Gartenzaun heftig gestikulierend unterhielten. Obwohl nicht sonderlich erfreut ob der unpassenden Unterbrechung ihres Disputs, erteilten ihm die Dorfbewohner freundlich Auskunft. Dabei sah er auch den offensichtlichen Anlass der Auseinandersetzung. Kaum fünfzig Meter weiter standen einige Autos am Straßenrand, ein Polizeiwagen war auch dabei, und daneben etliche Leute. Neugierig geworden fragte Eisold, "Was ist denn da vorn los?" Der Mann hinter dem Gartenzaun, ein drahtiger Endsechziger in blauer Drillichjacke und mit speckiger Mütze auf den weißen Haaren, meinte, „Die wollen jetzt schon zum dritten Mal dem Flachsberger den Stromzähler ausbauen." „Erzähl´ nicht so einen Unsinn, Kurt, die waren erst einmal da. Außerdem soll er ja neue Zähler kriegen," korrigierte ihn einer der Männer. Er war deutlich korpulenter als der Hauseigentümer und fuchtelte dauernd mit den Händen herum. „Und deshalb dieser Aufruhr? Das verstehe ich nicht," wunderte sich Eisold. Der dritte Zaungast, ein kleines, auch schon älteres Männchen mit einem Stoffbeutel in der Hand, aus dem es verführerisch nach frischem Kuchen duftete, wies mit ausgestrecktem Arm auf das Haus, vor dem der Aufruhr zu sehen war, und erläuterte, „Sehen Sie dort auf dem Dach die großen Tafeln? Damit macht der Flachsberger aus Sonnenlicht Strom. Er war der erste in dieser Gegend, der das ausprobiert hat. Weil damals keiner richtig Bescheid wusste, haben sie ihm einen Stromzähler eingebaut, der sich rückwärts dreht, wenn die Anlage mehr Strom macht, als er selbst verbraucht. Dafür bekommt er dann Geld von der Stromversorgung."

In diesem Moment kam ein Jeep herangeprescht, auf dessen Blech in grellen Farben sich ein Schlüsseldienst auch für Notfälle empfahl, und stoppte hinter dem

Polizeiauto. Der Fahrer sprang heraus und eilte mit seiner Werkzeugkiste zur Haustür von Flachsbergers Anwesen.

„So ein sturer Hund, der Flachsberger. Jetzt müssen sie ihm sogar die Tür aufbrechen, " erboste sich da der Dicke. „Also weißt du, Walter, ich hätte die auch nicht hereingelassen", entgegnete Kurt, „schließlich hat er doch seine Stromrechnung immer bezahlt." „Aber eben nicht korrekt, darum geht es ja gerade", erwiderte der Kleine. „Schließlich gibt es jetzt ein Gesetz, dass jeder Strom in das öffentliche Netz einleiten kann, wenn der ökologisch erzeugt wird. Und im Gegenzug muss man dafür eben mit weniger Geld zufrieden sein." Der mit Walter angesprochene tippte sich an die Stirn und rief, "Du redest vielleicht einen Unsinn, Erich, es steht doch überall, dass jetzt der Umweltschutz und alterne Energien..." „Sie meinen sicher alternative Energiequellen", fiel ihm Eisold ins Wort. „Ja, meinetwegen, jedenfalls sollen umweltfreundliche Energien staatlich gefördert werden. Da kriegt man doch mehr Geld dafür. Und du behauptest, der", er wies mit dem Daumen in Richtung des Flachsbergerschen Hauses, „soll weniger einnehmen dürfen!"

„Genauso ist es aber", beteuerte Eisold. Während der kleine Erich triumphierend nickte, starrten ihn die beiden anderen erstaunt an. „Na hören Sie mal, " knurrte Kurt, „das ist ja unverschämt: Wieso soll ich denn für meinen Strom weniger Geld bekommen, als die Stromversorgung von mir verlangt? Das ist doch ungerecht. Strom ist Strom."

Eisold sah nun, dass er etwas weiter ausholen musste. „Das hängt vor allem damit zusammen, dass die Stromversorger doch den Strom, den sie uns verkaufen, nicht selbst erzeugen, sondern auch erst einmal kaufen müssen; von den Kraftwerken, aus dem Ausland oder sonst woher. Ein paar Kilowattstunden nehmen sie eben auch von den Windrädern oder Solarzellen ab. Aber die ganzen Stromleitungen bis zu den Häusern, die Umspannwerke und was sonst noch dazugehört, von den Beschäftigten ganz zu schweigen, muss ja auch bezahlt werden. Also leben die Versorger von der Spanne zwischen Einkaufs- und Verkaufspreis, wie jeder Händler auch."

„Das ist ja noch nicht alles," fiel Erich eifrig ein, „man verlangt schließlich auch, dass jederzeit Strom aus der Steckdose kommt, bei jedem Wetter, Tag und Nacht. Auch der Flachsberger will den Strom aus dem Netz, wenn mal keine Sonne scheint. Nur wenn er mehr hat, als er braucht, sollen die", dabei wies er in Richtung der Autos vom Stromversorger, „ihm den Überschuss abnehmen. Und natürlich gut bezahlen. Ob der gerade gebraucht wird oder nicht, ist dem feinen Herrn Flachsberger völlig gleichgültig."

„Mir ist das eigentlich auch egal, wie die das machen. Ich bezahle schließlich genug Stromgeld, " meinte Kurt daraufhin. Er hatte zwar etwas Mühe, die eben gehörten Argumente zu verarbeiten, aber Zweifel tauchten schon auf. An Walter jedoch prallte alles ab, er konnte sich nicht beruhigen. „Das meine ich auch. Sieh dir nur mal an, was diese Stromheinis für protzige Verwaltungen haben, in was für Autos die so genannten Manager fahren und was die auch für Wahnsinnsgehälter jeden Monat einheimsen. Und dann wollen sie dem Flachsberger sein Geld vorenthalten!"

„Reg dich ab, Walter, das dicke Ende kommt ja noch", stichelte Erich den Dicken weiter, „Je mehr der Flachsberger und Konsorten für ihren produzierten Strom bekommen, desto mehr musst du für deinen Stromverbrauch bezahlen. Es ist letztlich auch dein Geld, was der Flachsberger für seinen Strom bekommt." Daraufhin meinte Kurt zweifelnd, „Du denkst also, der Einkaufspreis schlägt gleich auf den Verbraucherpreis durch? Ich denke der Staat unterstützt so etwas mit Subventionen und dergleichen?" „Das schon", stimmte Eisold zu, „aber nur mit billigen Krediten für die Errichtung solcher Anlagen."

Walter drehte sich abrupt ab und stapfte wütend davon. Schon im Gehen fauchte er noch: „Mir reicht es jetzt. Ich finde es jedenfalls richtig, dass sich der Flachsberger nicht alles gefallen lässt."

Mit einem Blick auf die nahe Kirchturmuhr sagte Erich, „Jetzt muss ich mich aber sputen; zu Hause ist der Kaffee fertig." Nachdem sich auch Eisold wieder auf den Weg gemacht hatte, blieb ein grübelnder alter Mann zurück. Er sah noch eine Weile dem Treiben bei Flachsberger zu und dachte bei sich: Es ist schon so, jedes Ding hat zwei Seiten.

Farbenspiel

Wenn die Innenarchitektin Jaqueline Grube-Digo wieder einmal verzweifeln wollte, weil der Markt nichts Passendes zur Vollendung ihrer kreativen Höhenflüge bietet, könnte ihr nun geholfen werden. Bisher scheitert sie regelmäßig an der einheitlichen, zur übrigen Einrichtung passenden Oberflächengestaltung von Armaturen, Griffen und Schaltern: Chrom wirkt zu kalt, Lack zu künstlich. Hat sie eine passend aussehende Farbe gefunden, ist die den geforderten Gebrauchs-Ansprüchen im Alltag nicht gewachsen. Aus Neustadt an der Priegnitz kommt frohe Kunde für sie und andere Freunde haltbarer bunter Metalloberflächen.

Inmitten der Stadt, im Hinterhof eines unscheinbaren Hauses in der Brunnenstraße ist die Firma MultiCoat zu Hause. Es fällt schwer, sich vorzustellen, dass hier Produkte gefertigt, oder besser: veredelt werden, wie es das sonst nirgendwo gibt. Firmengründer und alleiniger Inhaber ist Oliver Wegener, ein schlanker, kleiner Mittdreißiger mit schütteren aschblonden Haaren. Der Chef ist sclten in seinem spartanisch eingerichteten Büro zu finden. Meist muss die freundliche Mitarbeiterin im Vorzimmer die seltenen Gäste und Kunden der Firma an andere Mitarbeiter verweisen. Oliver Wegener, ohnehin viel unterwegs, könnte man eher in den Werkstätten und Labors seiner Firma finden. „Ich bin nun mal Handwerker", sagt er, wenn wieder einmal jemand seine schwere Erreichbarkeit beklagt, „und das kommt von Hand und werkeln, nicht von sitzen und schreiben." Deshalb ist er auch lieber direkt vor Ort in der Produktion und in der Entwicklungsabteilung, als an seinem Schreibtisch mit PC und Telefon.

Begonnen hatte er seine berufliche Laufbahn als Maler und Lackierer im alteingesessenen Familienbetrieb des Meisters Lothar Zeißig. Weil er geschickt und fleißig war, sich gut mit dem Meister verstand, stellte ihm dieser in Aussicht, die Firma übernehmen zu können, wenn er sich selbst in ein paar Jahren zur Ruhe setzen würde. Also drückte Oliver Wegener wieder die Schulbank und büffelte für den Meisterbrief, den er schließlich mit Bravour erlangte. Aus der Firmenübernahme wurde allerdings nichts. Meister Zeißig hatte inzwischen mehr Schulden als Kunden und beides wollte der frischgebackene Handwerksmeister nicht übernehmen.

Bei seinem Meisterstudium hatte er Thomas Hollstein kennen gelernt. Dieser war wohl eher aus Versehen in die Meisterschule gelangt, denn mit Farbe und Pinsel wollte er nichts mehr zu tun haben. Ihm schwebten eher Farbüberzüge vor, die bequem aufzubringen und leicht auszutauschen waren und die ihm als Erfinder und Unternehmer ein leichteres, vor allem auch einträgliches Leben sichern sollten. Während nun Oliver Wegener Vorbereitungen für seine eigene Malerfirma traf, erinnerte er sich an die Fantasien Hollsteins. Er rief sich sein noch frisches Meisterwissen in Erinnerung und versuchte alles über Verzinken, Eloxieren, Kadmieren, Oxidieren und dergleichen herauszubekommen. Schon bald erkannte er, dass auf dem Gebiet der Veredlung und Gestaltung von metallenen Oberflächen ein großer Bedarf besteht, nicht nur bei Designern und Innenarchitekten wie Frau Grube-Digo. Mit einfachsten Geräten, Chemikalien und Verfahren begann er im Keller seine später so erfolgreichen Versuche.

Wenn er heute daran denkt, wie naiv er damals an die Verwirklichung seiner Ideen herangegangen war, scheint es ihm wirklich wie ein Wunder, dass er damit Erfolg haben konnte. Zum Glück stieß er weit später, als er schon erste Fortschritte bei seiner Entwicklung erreicht hatte, auf die Angebote potenter Anbieter auf dem Markt. Diese waren aber nur damit beschäftigt, relativ weiche Materialien wie Aluminium durch mit hoher Energie aufgespritzte Beschichtungen lediglich verschleiß- und korrosionsfest zu machen. Auf optische Veredelung kam es denen wohl weniger an. Wegener, von Hause aus Maler, ging den umgekehrten Weg. Und darin liegt die Ursache seines Erfolges.

Eines Tages schließlich gelang es ihm, in seiner primitiven Kellerwerkstatt durch eine geniale Kombination ziemlich einfacher Mittel eine alte Türklinke aus unansehnlich gewordenem Messing mit einem strahlend weißen Überzug zu versehen. Der war so dünn, dass er weder die schöne Form des gegossenen Messings, noch die Funktionstüchtigkeit des Drückers beeinträchtigte. Noch wichtiger schien ihm, dass er allen chemischen und mechanischen Versuchen widerstand, sich weder zerkratzen, noch verätzen ließ. Trotz seiner Euphorie vergaß er nicht, dass auch die Dauerhaftigkeit der glänzenden Oberfläche entscheidend für den Erfolg seiner Erfindung sein würde. Und die konnte er auf die Schnelle natürlich nicht untersuchen.

Wegweisend für seine Zukunft war einige Tage nach seinem ersten großen Erfolgserlebnis die Begegnung mit Frieder Sendenberg. Der Unternehmensberater aus Kassel zählt zwar kleine Handwerksbetriebe eigentlich nicht zu seinem Klientel, als Großonkel von Ulrike, Wegeners Frau, wollte er seinem angeheirateten Verwandten aber ausnahmsweise dennoch über die Klippen der Geschäftsgründung helfen. Als Oliver im Laufe ihrer ersten Begegnung eher beiläufig von seinen Erfolg versprechenden Versuchen mit der weißen Beschichtung von Messing erzählte, war Onkel Frieder sogleich Feuer und Flamme. Der künftige Malerbetrieb geriet bald in Vergessenheit. Nach endlosen Debatten hatte Sendenberg den Malermeister überredet, sein Glück nur auf dem Gebiet der Beschichtung zu suchen. Oliver sollte dafür unbedingt und so schnell wie möglich seine Versuche mit anderen Materialien fortsetzen. Besonders die oberflächliche Veredlung vergleichsweise billiger, üblicher Metalle wie Stahl und Gusseisen hielt er vor sehr Erfolg versprechend. Gleichzeitig müsste er Räumlichkeiten und Maschinen für eine Serienfertigung beschaffen. Er, Frieder Sendenberg würde sich um Vertriebsmöglichkeiten, Kredite, Verträge, Patente und rechtliche Belange kümmern.

Oliver Wegener plagten große Zweifel. Über Nacht war aus seinem überschaubaren Plan, einen soliden kleinen Malerbetrieb aufzubauen und vielleicht mehr nebenbei die eine oder andere Marktlücke finden und besetzen zu können, die vage Utopie einer florierenden Produktionsfirma geworden. Obwohl er die Probleme eines Klein- oder mittelständischen Betriebes, ganz besonders in den Anfangsjahren, nur ahnen konnte, befürchtete er das Scheitern seiner neuen Zukunftspläne. Aber statt zu verzweifeln machte er sich selbst Mut. Er sagte sich, „Wer wagt, gewinnt" und stürzte sich mit Feuereifer in die

Arbeit. Er überzog die verschiedensten Gegenstände aus Metall, Kunststoffen und sogar Holz mit seiner Beschichtung. Gleichzeitig experimentierte er damit, den Überzug mit anderen Farbtönen herzustellen. Manchmal half ihm der Zufall, manchmal musste er genervt aufgeben. Zähigkeit, Erfindungsreichtum und Ausdauer, verbunden mit dem Stolz auf das bisher Erreichte, ließen ihn immer weitermachen. Seine Frau bekam ihn in dieser Zeit kaum zu Gesicht und die beiden Kinder vermissten das Toben und Spielen mit dem Papa sehr.

Als einige Wochen nach dem folgenreichen ersten Zusammentreffen mit Onkel Frieder ein LKW mit Kisten voller alter Armaturen und Beschläge aus Messing vor der Tür seines Hauses stand, wurde ihm erst so richtig bewusst, dass nun die Zeit des Vorbereitens und Experimentierens vorbei ist. Von Onkel Frieder bekam er lediglich ein Fax mit der Aufforderung, die angelieferten Teile so schnell wie möglich zu beschichten und an eine Hildesheimer Firma zu schicken. Das wäre für künftige Verträge sehr wichtig. Wegener arbeitete nun Tag und Nacht in seinem Keller, um den ersten Auftrag zufrieden stellend abarbeiten zu können. So richtig wohl war ihm dabei nicht. Noch immer plagten ihn Zweifel wegen der nicht geprüften Dauerhaftigkeit seiner Farbüberzüge. Neben einer möglichen Beschädigung seiner auf Qualität basierenden Handwerkerehre war das ja auch wichtig für den Preis, den er für seine Arbeit verlangen könnte.

Nach dem Gewaltakt der ersten Auftragbearbeitung, musste er einsehen, dass es so nicht weitergehen konnte. Inzwischen hatte er von einer Bank ausreichend finanzielle Mittel zugesichert bekommen. Er kratzte all seine eigenen Gelder zusammen und gründete seine eigene Firma, die MultiCoat GmbH. Mit den Krediten erwarb er eine ehemalige Feuerverzinkerei. Dort waren nicht nur die technischen Voraussetzungen für seine Produktion günstig, er konnte auch die Unterstützung des Arbeitsamtes durch die Einstellung arbeitsloser Facharbeiter aus diesem bankrotten Unternehmen in Anspruch nehmen. Als dann noch geeignete Maschinen und Geräte, die er auf einer Auktion aus Konkursmassen ersteigert hatte, umgebaut und installiert waren, konnte er die mittlerweile reichlich eingegangenen Aufträge zügig erfüllen.

Etwa ein Jahr, nachdem MultiCoat erfolgreich auf dem Markt agierte, traf Wegener ein menschlich wie unternehmerisch harter Schlag. Auf seinen Tisch flatterte die Unterlassungsklage eines fränkischen Gerichts. Ein Unternehmen pochte auf seine patentrechtlich geschützten Rechte an eben dem von Oliver Wegener entwickelten Beschichtungsverfahren, das er bisher so erfolgreich anwandte. Es fiel ihm wie Schuppen von den Augen, dass er doch tatsächlich „vergessen" hatte, sein bahnbrechendes Verfahren patentieren zu lassen! Nun war ihm auch klar, weshalb sich Onkel Frieder schon lange nicht mehr gemeldet hatte, nachdem auch die von ihm besorgten Aufträge ausgeblieben waren. Denn Wegener brachte bald in Erfahrung, dass hinter der Klage führenden Firma WhiteCoat niemand anderes als Frieder Sendenberg stand.

Nachdem der erste Schreck verflogen war, fand MultiCoat Wege aus dem Dilemma. Glücklicherweise bezog sich das vorhandene Patent nur auf die weiße Beschichtung von Metallen. Wegener hatte aber inzwischen schon viel versprechende Versuche mit anderen Materialien gemacht und vor allen Dingen waren ihm auch andersfarbige Überzüge gelungen. Als Glücksgriff erwies sich, dass es ihm gelungen war, Armaturen und Beschläge aus unverwüstlichem Edelstahl dauerhaft mit einer Oberfläche zu versehen, die so golden wie poliertes Messing aussah. Bootsbauer und Yachtwerften, Auto-Tuner und Architekten wie Grube-Digo warten auf solches Material, hatte er in Erfahrung gebracht.

Dies alles bedurfte jedoch völlig anderer Ausgangsstoffe und auch die Verarbeitung unterschied sich von der mit dem weißen Ergebnis. Mit Wut im Bauch über seinen treulosen Onkel und noch mehr über seine eigene Naivität stoppte Wegener die Produktion und begann, seinen Betrieb umzubauen. Mit Überredungskunst und Preisabschlägen konnte er einige seiner Kunden zur Änderung ihres Farbwunsches Weiß veranlassen. Seine Mitarbeiter, die in der sich im Umbau befindlichen Werkhalle vorübergehend nicht arbeiten konnten, schickte er auf Messen und sonstige Kundensuche. Um sicher zu gehen, beauftragte er einen Anwalt, die Patente seiner Ideen einzureichen, ohne die von WhiteCoat zu berühren.

Das Ende vom Lied war, dass bei MultiCoat nach der Produktionsumstellung so viele Aufträge eingingen, dass sie mit den vorhandenen Kapazitäten nicht zu schaffen waren. Wegener plante weitere Hallen zu errichten und zog in Erwägung, Lizenzen für seine Verfahren zu verkaufen. Aus einem pfiffigen Handwerker mit Ideen und Wagemut war ein erfolgreicher mittelständischer Unternehmer geworden.